孤独な煌帝の
幸せの金糸雀《カナリア》
すっと煌帝の顔が、怜優に近付いた。
見つめ合ったまま唇が音も無く重なった。
ふれ合った微かな温もりだけ残して、唇が離れる。
しばらくの沈黙の後に、煌帝が言った。
「それ以上、言われると――逃がしてやれなくなる」

孤独な煌帝の幸せの金糸雀《カナリア》

貫井ひつじ

23575

角川ルビー文庫

目次

孤独な煌帝の幸せの金糸雀《カナリア》　五
あとがき　二三九

口絵・本文イラスト／ｈａｇｉ

序章

父と母が、寝《ね》かしつける前に欠かさずに教えてくれた歌を思い出す。

泣くな　泣くな
白露《しらつゆ》をこぼせば　そこから鬼《おに》が来る
涙《なみだ》の粒《つぶ》は　欲《よく》を呼ぶ
泣くな　泣くな
足音殺して　地を這《は》うように
陰《かげ》に潜《ひそ》んで　目を閉じなさい
朝の光が来る時まで
息を潜めて　お眠《ねむ》りよ

いざという時、追われる身になった時の心得として一族の間に古くから伝わる子守歌《こもりうた》。

怜優《れいゆう》がそれを年の離《はな》れた弟や妹のために歌ってやったのは、もう両手で数え切れない。

今日は朔月《さくげつ》の日だった。どうやら雲が出ているらしい。夜の空には、星の瞬《またた》きさえも見えない。そんな塗《ぬ》り潰《つぶ》したような暗闇《くらやみ》の中。人買いたちの怒《ど》号《ごう》と、荒《あら》い足音が響《ひび》きわたる。

ちらちらと動く赤い火は、人買いたちの松明《たいまつ》の物だ。

怜優たちの一族は、広い国中を移動して暮らしている。

今日の宿と決めた平らな土地に建てた簡素な天幕は薙《な》ぎ倒《たお》されて、深夜の眠りはたちまちに恐怖《きょうふ》と混乱に塗《ぬ》り替《か》えられた。最近、一族への人買いの襲撃《しゅうげき》は激しさを増していたが、ここまで大規模なものは初めてだ。

怜優のことを揺《ゆ》り起こしたのは、父だった。

母が上擦《うわず》った声で怜優に逃《に》げるように言いつけた。

まだ年端《としは》もいかない弟と妹は、恐怖と怯《おび》えで声も出ない有様だった。

人買いたちの狙《ねら》いは一族の子どもである。

子どもを抱《かか》えて親が人買いから逃げるために走れば、闇夜でもその存在は目立つ。人買いたちも、それを狙って襲撃して来たのだ。逃げ遅《おく》れがいないか執拗《しつよう》に探し回る松明の灯《あか》りは、すぐそこまで迫《せま》っている。崩《くず》れた天幕の下で、それぞれ弟と妹を腕《うで》に抱《いだ》いた父と母は、怜優に一人で逃げろと言った。

弟と妹は恐怖で竦《すく》んで動けない。だから父と母は、ここに留《とど》まって人買いたちが去るまで身を潜めている。お前は安全なところへ逃げて、人買いたちが去ったら他《ほか》の人たちと、ここに戻《もど》って来なさい。そうしたら、きっと会えるから。

そういう父も母も、怜優と再び会えることを心の底では信じていないことはすぐに分かった。二人にとってはいつまでも子どもらしいが、怜優はもうすぐ十八になる。いい加減、嘘《うそ》と本当の見分けが出来るようになる年齢《ねんれい》だ。そのことを二人は失念しているようだった。

怜優の父も母も幼い頃《ころ》、人買いに襲撃されて売られた経験を持っているらしい。詳《くわ》しいことを二人は怜優に話してくれたことは無い。けれど二人が我が子に、あんな思いはさせたくないと日頃から悲愴《ひそう》な決意を固めていたのは知っていた。

その決意のお陰《かげ》もあって、怜優はこの歳《とし》になるまで両親からの愛情をたっぷりと受けて育って来たのだ。

暗闇の中。

いつもは潑剌《はつらつ》とした声を出す弟も、無邪気《むじゃき》に笑う妹も、ひたすらに怯えて黙《だま》り込んでしまっているのが分かる。怜優が弟や妹の年齢の時に、こんな恐怖を経験したことは無い。少なくとも、二人が怜優の年になるまでは両親がいる温かな家庭が必要だ。

だから――。

早く行きなさい、と急《せ》かす両親の声に怜優は頷《うなず》いて、静かにその場を後にした。

そして、その夜。

生まれて初めて、怜優は両親と一族の言いつけに背《そむ》いた。

「いたぞ！」

「まだ餓鬼《がき》だ！　あれなら売れる！」

「殺すなよ！」

「走れ！」

「追いかけろ！」

怒号が背後から聞こえてくる。振《ふ》り返らずに怜優は、ただ走った。

ただ、ひたすらに走る。

――少しでも早く、少しでも遠くへ。

そうやって、どれだけ走ったのか分からない。

もつれた足が草に引っかかり、怜優は思い切り地面に転がった。

人買いたちの怒鳴《どな》り声が響く。

「やっと――捕《つか》まえたぞ……、この餓鬼……ッ！」

「荷車を持って来い――こいつを縛《しば》っちまえ――！　さっさと売りに行くぞ――ッ」

襟首《えりくび》を持ち上げられて、荷物のように無造作に担《かつ》がれる。

ぐいと体が浮《う》き上がった瞬間《しゅんかん》に、怜優の瞳《ひとみ》から自然に涙がこぼれ落ちて――白い珠《たま》になって地面に落ちたが、人買いたちは誰《だれ》もそれに気付かなかった。

第一章

朔《さく》の夜。

広大な建物の中に、夜の静寂《せいじゃく》を切り裂《さ》くように呼子《よびこ》が鳴り響く。

俄《にわか》に起こった騒《さわ》ぎに、玉兎殿《ぎょくとでん》の住人たちは騒然《そうぜん》としていた。

「清《せい》家の姫君《ひめぎみ》、夏蘭《からん》様が愛玩《あいがん》していた動物が逃げ出したそうよ」

「あの方、何を飼われていたのかしら？　犬？　猫《ねこ》？　まさか、虎《とら》？　逃げ出すような躾《しつけ》のなっていない動物を持ち込むなんてねぇ——」

「うちの姫様に何かあったら大変だわ！　早く捕まえて貰《もら》わないと！」

「こんな騒ぎを起こすなんて、夏蘭様への紅華后《こうかごう》様からのご寵愛《ちょうあい》も終わりね」

「何を言っているの？　紅華后様が寵愛していたのは、清家の宝石だけでしょうに」

「あら、そうだわ」

「まったく、その通りね」

騒ぎの元を知った者たちの口から零《こぼ》れ出るのは、玉兎殿の中に危険を持ち込んだ者への批判と、その者の今後の行く末に対する嘲笑《ちょうしょう》だった。

波紋《はもん》のように玉兎殿に広がる噂《うわさ》を知る由もなく、暗がりに身を潜めていた怜優は眉《まゆ》を顰《ひそ》めた。

衣類が湿《しめ》っていて、土臭《くさ》い。どんな格好をしているのか分からないが、怜優は今さぞかし泥《どろ》だらけに違《ちが》いない。

半年間。

狭《せま》い部屋に閉じこめられていたため、切ることも出来なかったせいで、伸《の》びきった髪《かみ》が顔にかかって鬱陶《うっとう》しい。頭を振って大きく息を吐《は》いた。

自分の体力が思っているより遥《はる》かに落ちていたことが誤算だった。それほどの距離《きょり》を走ったわけでも無いのに、足がガクガクと震《ふる》えている。

——半年前なら、なんてこと無かったというのに。

自分の足を叱咤《しった》するように叩《たた》きながら、怜優は耳を澄《す》ました。

朔の夜を選んで、首尾《しゅび》良《よ》く閉じこめられていた建物を脱出《だっしゅつ》したのは良いが——思ったよりも複雑に入り組んだ建物のせいで、出口の見当も付かない。草むらに隠《かく》れていた鳴子《なるこ》に足を引っかけたのも失敗だった。侵入《しんにゅう》者への対策か。それとも、怜優のような逃走《とうそう》者を警戒《けいかい》してのことなのか。無数に張り巡《めぐ》らされたそれが勢いよく鳴ったせいで、怜優が逃げ出したことがバレてしまった。

——それにしても変わったところだ。

思いながら、怜優はざわめきに耳を澄ます。

聞こえてくるのは高いのも低いのも女性の声ばかりで、どうやらこの建物に男はいないらしかった。この半年、男の姿を見たことも無い。

人買いに攫《さら》われてから、荷物のように運ばれて何度か薬で眠《ねむ》らされた怜優は、気が付けば狭い部屋の中に閉じこめられていた。扉《とびら》一枚を隔《へだ》てて簡単な食事の出し入れはあったものの、怜優のことを動物か何かと勘違《かんちが》いしているようで、まともに言葉を交《か》わしてくれる者は皆無《かいむ》だった。

いい加減、言葉も忘れてしまいそうだ。

そんなことを考えながら、怜優は息を整えて立ち上がる。ここでうずくまっていても仕方がない。とにかく、何とか外へ出て行かなければ。それか明るくなっても身を隠していられるようなところを探そう。そうやってやり過ごして、なんとか出口を見つけるしかない。足を踏《ふ》み出したところで、軽く目眩《めまい》がして怜優は額を押さえた。

食欲《しょくよく》は人並みだと思っているが、ここで与《あた》えられていた食事は明らかに成人男子には少ない。大きく肩《かた》で息をしながら一歩、足を踏み出して怜優は再び目眩を覚えた。

いきなり動いたせいだろうか。

そんなことを思っている内に、体が傾《かし》いで——世界が回る。

——ここで、倒れるのは、まずい。

思いとは裏腹に、倒れていく体は止まらない。地面に叩きつけられる、と思って目を瞑《つむ》ったところで、怜優の心配は杞憂《きゆう》に終わった。

「玉兎殿では遂《つい》に人を『動物』と呼ぶようになったのか——」

呆《あき》れたような、あざ笑うような声だった。

がっしりとした掌《てのひら》に、体が支えられている。薄目《うすめ》を開けたところで、相手の輪郭《りんかく》はよく分からない。ただ、まだ若い男であることは分かった。

「お前が『愛玩動物』で間違い無いな？」

問われた声に、怜優はむっとして思う。

この半年。愛玩と言われるほど可愛《かわい》がられた覚えも、良い待遇《たいぐう》を与えられた記憶《きおく》も無い。

そんな反論は声にならずに、怜優の喉《のど》の中に消えた。

疲《つか》れたせいか、それとも折角《せっかく》の脱出劇が徒労に終わったせいか——勝手に閉じる瞼《まぶた》の眦《まなじり》から、涙《なみだ》の粒《つぶ》がこぼれて落ちて——白い珠になる。

散々泣いても涙というのは涸《か》れることが無いのだから不思議だと、そう思う。

地面に点々と落ちた珠に、男が気付いたようだった。

「——涙精族《るいせい》か？」

意外そうに驚《おどろ》いた男の問いが耳に届くよりも先に、怜優は気を失っていた。

＊＊＊＊

人は美しく稀少《きしょう》な物に、途方《とほう》も無い価値を見出《みいだ》す。

黄金、緑玉石、青玉、水晶《すいしょう》、金剛石《こんごうせき》、珊瑚《さんご》、真珠《しんじゅ》——それらに並ぶ物として、「涙玉《るいぎょく》」が挙げられる。

「涙玉」とは人の涙が珠となり、光り輝《かがや》く宝石に変わったものを指す。市場にその宝石が出回ることは稀《まれ》だ。一度売りに出されればたちまちに高値の付くその宝石は最近、都において需要《じゅよう》が増えて更《さら》に値が高騰《こうとう》しているらしい。

普通《ふつう》に考えれば、人の涙が宝石に変わる筈《はず》が無い。

しかし、そんな特異な体質を持った者たちが、この世には確かに存在している。

それが「涙精族」と呼ばれる怜優たちの一族の名だった。

大陸に定住の地を見出すことなく、一族が放浪《ほうろう》を続けるのも、襲撃者《しゅうげきしゃ》たちから身を守るための術《すべ》である。時の権力者や金目当ての賊《ぞく》たちによる襲撃を受け、仲間を攫われたり数を減らしながらも、連綿と命を繋《つな》いできた。

「涙精族」とは、そんなある種の不運を背負った一族の名前である。

——ふっと目を覚ますと、体が柔《やわ》らかい物に包まれていて怜優は違和感《いわかん》を覚えた。

この半年で寝台《しんだい》と呼ぶにはお粗末《そまつ》な木の板の上で眠るのに慣れた体が、異変を訴《うった》えている。

咄嗟《とっさ》に起きあがろうとしたが、それよりも空腹で体に力が入らない。空腹過ぎて胃が痛いぐらいだ。

寝返《ねがえ》りを打ち、ほっと溜息《ためいき》を吐き出しながら怜優の頭に浮かんだのは疑問だった。

脱走劇《だっそうげき》は思った以上に体力を消耗《しょうもう》させたらしい。

朔《さく》の夜の脱走劇。足を引っかけた鳴子。女たちの声。鋭《するど》い警笛の音。

それから——それから？

ぱっと体を起こすと目眩がして、体が傾いだ。

突《つ》いた腕《うで》が柔らかな布団《ふとん》に沈《しず》んで、そのままひっくり返る。

瞬《まばた》きをしていると、怜優の上に影が差した。

「起きたか？」

面白《おもしろ》がるような声が言う。

だんだんと上からのぞき込む相手の顔に焦点《しょうてん》が合ってくる。

怜優をのぞき込んでいたのは、凛々《りり》しい顔の青年だった。黒い髪に、薄青《うすあお》の瞳《ひとみ》。口元が笑っているのに、なぜか目が笑っていない印象を与える。

——誰《だれ》だ？

瞬きをしていると、少し考えるような顔をして怜優をのぞき込んでいた男が言う。

「これなら、いけるな」

「——？」

何を言われているのかが分からない。ぽかんとする怜優の顔をじろじろと眺《なが》めてから、男が一人で納得《なっとく》したように頷《うなず》く。琥珀色《こはくいろ》の瞳を瞬かせる怜優に男が言った。

「何か話してみろ。まず、喋《しゃべ》れるか？」

「——はぁ？」

突然《とつぜん》、何を言い出すのか。そんな内心を表すように掠《かす》れた声が喉から飛び出して、怜優は思い切り咳《せ》き込んだ。

飲み物が欲しい。

肩で息をする怜優を見下ろしながら、男が呟《つぶや》く。

「まぁ、地声が低いと言い張ればいけるだろうな。髪も結《ゆ》って付け毛をすれば——多少、髪の短い女で誤魔化《ごまか》せるか」

「はぁ？」

不信感丸出しに眉間《みけん》に皺《しわ》を寄せる怜優に、薄青色の視線を向けて男が言う。

「逃《に》げ出した、ということは飼われる趣味《しゅみ》があるわけじゃないだろう？」

「——当たり前、だッ」

男の言葉に力を入れて言い返しながら、なんとか体を起こす。

途端《とたん》に、目眩がして頭が揺《ゆ》れる。思わず小さく呻《うめ》いたところで、寝台の脇《わき》に置いてある小さな卓《たく》を指さして男が言う。

「水ならそこにあるから、好きに飲め。残念ながら、まだ夜中だ。先刻から腹の虫が随分《ずいぶん》鳴いているが、厨房《ちゅうぼう》を動かすと色々と面倒《めんどう》だから食事は朝まで我慢《がまん》しろ。——何か質問は？」

質問ならば山のようにある。

けれども、今の状態ではまともに声を出せそうにない。

男に指で示された方を見れば硝子《ガラス》で作られた優美な形の水差しと、揃《そろ》いの硝子細工で作られた茶碗《ちゃわん》が卓の上に置いてあった。それに水を注いで勢いよく飲み干すと、思いの外に喉が渇《かわ》いていたようで、水差しがあっという間に空になる。

人心地《ひとごこち》ついて大きく溜息を吐く。ふと気が付けば、泥《どろ》だらけの筈の体は綺麗《きれい》になっている。爪《つめ》の間にこびり付いている土は取れていないが、目立つところの泥や土は払《はら》われていた。そして見慣れない衣服に身を包んでいる。

これは――一体どういうことだろう。

怜優は首を傾げた。それと同時に怜優の行動をまじまじと見つめる男の視線に気付いて、怜優は瞬きをする。

「――何か？」

そんな怜優の問いに、男は感心したように言った。

「見ず知らずの場所で、見ず知らずの相手から出された飲み物に、よく手を付けられるな」

「――は？」

「長生き出来ない種類の人間だ」

「はぁ？」

先ほどから訳の分からないことばかりを言われた挙げ句、今は物凄《ものすご》く失礼なことを言われている気がする。険しい顔になる怜優の様子を気にかけることなく、寝台の横に置いてあった肘《ひじ》掛《か》けの付いた椅子《いす》に、嫌味《いやみ》なほど優雅《ゆうが》な所作で男が腰《こし》掛ける。

「まぁ、涙精族なら生きている限り命を取られることも無いか」

「――は？」

己《おのれ》の正体を的確に衝《つ》く言葉に目を見開けば、そんな怜優の顔を見つめながら男が足を組む。

翳《かざ》された手には、小さな白く輝く珠《たま》──「涙玉」があった。

「先刻、お前を拾った時に──目から落ちた」

「──っ」

言い逃《のが》れの出来ない証拠《しょうこ》に、怜優は思わず身を硬《かた》くした。大抵《たいてい》の者は「涙精族」と知れば目の色を変えて「涙玉」を求めてくる。それを嫌というほど知っているから、目の前の男に何を言われるのか──と警戒《けいかい》をした。そんな怜優の警戒など素知らぬ顔で、男は手の中に「涙玉」を握《にぎ》りしめると呟くように言った。

「妄《みだ》リニ人身ノ売買ヲスル事ヲ禁ズ」

突然の硬い文言に面を食《く》らっていれば、組んだ足を揺らして頬杖《ほおづえ》を突いた男が淡々《たんたん》と言う。

「三代皇帝《こうてい》が定めた令だ」

「令──？」

「三代皇帝の頃《ころ》には治安が安定して、各地の民族が都に集まってくる機会も多かったからな。その分、都では見かけない身形《みなり》をした者たちが攫《さら》われて奴隷《どれい》として売り飛ばされることが今より格段に多かった。発布された直後にはそれなりの効力を持っていたが、令を撤廃《てっぱい》したことは無いというのに今や形骸《けいがい》無形だ。よりにもよって玉兎殿で人身売買の証拠が挙がるとは、本当にどうしようもない。需要がある限り供給は絶たれない良い見本だ。全く──」

呆れたように溜息を吐き出して男が目を閉じる。

唐突《とうとつ》な男の言葉に戸惑《とまど》いながら、怜優は瞬きをした。男は「涙玉」が狙《ねら》いという訳ではなさそうだ。しかし、それなら、どうして怜優を助けたのか。

そもそも、男は誰で、ここはどこで、怜優はこれからどうなるのか。

疑問を口にしようとしたところで、男が目を開いた。

薄青色の瞳で怜優を見つめて、男が口元で笑《え》みを作りながら言う。

「逃がしてやろうか？」

「――は？」

「飼われる趣味が無いのなら、こんなところに閉じ込められているのは不本意で不愉快《ふゆかい》だろう。お前にその気があるのなら、逃げるのに手を貸してやるが――どうする？」

どちらでも構わない、という投げやりな男の声音《こわね》に、怜優は警戒しながら言う。

「……理由は？」

怜優の不審《ふしん》たっぷりの問いに、男が首を傾《かたむ》けて言った。

「理由？」

「僕が逃げるのに、貴方《あなた》が手を貸す理由は？」

「――そういう不審感は抱《いだ》くのか」

感心したように呟く男の言葉に、怜優はむっとして眉《まゆ》を寄せる。この男、他人に息をするように喧嘩《けんか》を売らずにいられないのだろうか。険しい顔をする怜優の琥珀色の瞳をじっと見つめながら、男は口元に笑みを浮《う》かべて言う。

「強《し》いて言うなら――暇《ひま》つぶしだ」

「……は？」

予想外の言葉に、怜優が目を点にすると男は謡《うた》うように言葉を続けた。

「嫌がらせ。意趣返《いしゅがえ》し。気晴らし。それと――退屈《たいくつ》しのぎか？」

「はぁ――？」

真面目《まじめ》に言っているように思えない。

不信感丸出しの怜優の顔を見て、男は面白そうに笑う。

「『こいつは何を言ってるんだ』とでも思っているんだろうが、あいにく俺の理由はそれぐらいだ。信じないのはそっちの勝手だが――どうする？　飼われる趣味に目覚めたのなら、『愛《あい》玩《がん》動物』に戻《もど》ると言っても止めないが」

「だから――っ」

先ほどからふざけた言葉を挟《はさ》む相手に苛立《いらだ》ちが募《つの》って、怜優は声を荒《あら》らげる。そこで、ふと――肝心《かんじん》なことを何一つ聞けていないことに気が付いた。一つ大きく息を吐《は》きながら、怜優は男からの問いを先《ま》ずは無視して質問を発する。

「そもそも、ここは何処《どこ》で、貴方は誰ですか？」

その言葉に、男が瞬きをした。怜優を凝視《ぎょうし》する男に、居心地《いごこち》が悪くなって怜優は言う。

「あの？」

怜優の問いに、男が頬杖を突いていた手を取り替《か》える。

「ここが何処かも把握《はあく》していないのに逃げようとしたのか？」

無謀《むぼう》だ、と言いたげな男に、むっとして怜優は言った。

「理不尽《りふじん》に閉じこめられていたんだから逃げて当然でしょう。貴方の言う通り、飼われる趣味は無いんです」

怜優の言葉に、男が口元で笑う。

「なるほど？　そんな無策で俺に拾われるなら運はあるんだろうな」

「はぁ――」

果たして、男に拾われたことが幸運なのかどうか。怜優には現時点で判断が付かない。生返事をする怜優に、男が笑いながら言う。

「ここは玉兎殿だ」

「――ぎょくとでん？」

「そう、金烏《きんう》城の奥にある玉兎殿――つまり後宮だ」

「こうきゅう？」

ただ、単語を繰《く》り返す怜優を見て男が微《かす》かに笑い声を上げる。

金烏城については、さすがに怜優も知っていた。大陸のほとんどを統治する巨大《きょだい》な国、煌《こう》。怜優たちの一族も、その国の中を転々としている。その都である曙陽《しょよう》にそびえる、政《まつりごと》の中心地にして皇帝の住む処《ところ》だ。

後宮というのが、皇帝の寝所《しんじょ》と一般《いっぱん》的に呼ばれる場所なのも知っている。東西南北から集められた美女たちが、皇帝からの寵愛《ちょうあい》を競《きそ》い合う華《はな》やかな住処《すみか》。

男子禁制の、女の園《その》。

――この半年、道理で女の声しか聞こえなかった筈《はず》だ。

納得《なっとく》すると同時に、怜優の頭には疑問が浮かぶ。

後宮の警備は、男子禁制ということもあって女騎士《きし》が請《う》け負っている筈だ。それなのに、どうしてこの男は後宮にいたのだろうか。

後宮に入れる男は、たった一人――。

考え込む怜優の顔を面白《おもしろ》そうに見つめる薄青《うすあお》色の瞳《ひとみ》を見返して、怜優は呟《つぶや》くように言った。


「――皇帝、陛下？」


ぽつりと口からこぼれた言葉に、男が片目を瞑《つむ》って答える。

「その通り」

良く出来ました、と言わんばかりに男が笑みを深める。それに怜優が呆然《ぼうぜん》と瞬《まばた》きをした。

「……は？」

そんな怜優の様子を見ながら、男――煌国五代皇帝・栄煌牙《えいこうが》が笑った。

「名前は何だ、青年？」

まだ頭が付いていかない。ぐるぐると考えながら、怜優はとりあえず名前を口にする。

「……玉《ぎょく》怜優」

それに目を細めて皇帝が言う。

「怜優か──まぁ、地方から来たと言えば、女の名前でも通るな」

「は？」

「逃《に》げるのに手を貸すと言っても、残念ながらすぐにという訳にはいかない。ここは文字通り女の園だからな。入るのよりも出るのに苦労する。それも秘密裏《ひみつり》にとなると余計にな」

そう言いながら、皇帝が薄青色の瞳を細めて笑った。

「しばらく窮屈《きゅうくつ》な暮らしになるが、飼い殺しよりはマシだろう？　よろしく頼《たの》むぞ、玉怜優」

「は──？」

ぽかんとしたままの怜優をしばらく眺《なが》めて、皇帝は肩《かた》を揺《ゆ》らして笑い出した。目の前の男が何を考えているのか、怜優にはさっぱり分からない。そもそも、男子禁制の後宮内に不可抗力《ふかこうりょく》とはいえ入り込んでいた怜優に罰《ばつ》なり何なり下されるべきなのではないだろうか。

それを咎《とが》めもせずに、匿《かくま》おうという皇帝の意図が分からない。

空腹も相まって考えがまとまらない。思わず溜息《ためいき》を吐き出して額を押さえる怜優に向けて、皇帝が言う。

「──考えていることも、表情も、言動も全部一致《いっち》しているな」

「は？」

「貴重な人材だ」

「はぁ……」

遠回しに、馬鹿《ばか》正直と言われているような気がするのは、怜優の考えすぎだろうか。眉間《みけん》に皺《しわ》を寄せれば、そんな考えも筒抜《つつぬ》けらしく、皇帝《こうてい》がますます笑みを深める。

——何を考えているんだ、この人は。

怜優は目眩《めまい》を覚えて今度は頭を押さえた。

＊＊＊＊

煌の国。

群雄割拠《ぐんゆうかっきょ》の戦乱の世を経て、その争いの果てに誕生したのが、この国である。

都を曙陽に定めた初代皇帝・栄煌麟《こうりん》から、現在は五代皇帝の治世。煌に並び立つ国は存在せず、辺境の地からも和平の使者が続々と送られる中、煌の国は栄華《えいが》を極《きわ》めていた。

政の中心にして、皇帝の住まいである金烏城。

その奥に、皇帝の寝所として国中の美女が集まる後宮——玉兎殿はある。

そのとある一室に、老齢《ろうれい》の女官《にょかん》の声が響《ひび》いた。

「おはようございます、怜優様」

とっくに起きて身支度《みじたく》を整えていた怜優は、女官の出現に挨拶《あいさつ》の言葉を返す。

「おはようございます、紫桜《しおう》さん」

五十代半ばの女官——東《とう》紫桜は、怜優からの丁寧《ていねい》な挨拶に眉を寄せた。

「いけませんよ、怜優様。あなたは『姫君《ひめぎみ》』なのですから――女官にそんな物言いでは」

「いえ、でも――」

　自分の母親よりも年上の女性に、ぞんざいな口を利《き》くのは怜優にしてみれば抵抗《ていこう》が大きい。困ったという感情を隠《かく》しもせずに眉《まゆ》を下げる怜優に、紫桜の方が諦《あきら》めたように溜息を吐いた。

「当面は部屋の外では気を付けて下されば結構です。お着替《きが》えは――ご自分で済ませてしまいましたのですね。では、御髪《おぐし》をわたくしに整えさせて下さい。それが済みましたら、朝餉《あさげ》を運んで来ましょう」

　朝餉の言葉に、怜優の顔がぱっと輝《かがや》いた。あまりにも分かりやすい怜優の反応に、紫桜が遂《つい》に堪《こら》えきれないように笑いながら鏡台を示す。

　食い意地が張っているのは分かるが、半年の監禁《かんきん》生活では食の楽しみが無かったのだから仕方がない。食は楽しみだ。そして、それが美味《うま》いとなれば更《さら》に楽しくなるし嬉《うれ》しくなる。そういうものだ、と怜優は覚えて育ってきた。

　促《うなが》されて鏡台の前に腰《こし》を下ろせば、最近ではすっかりと着慣れた女物の装束に身を包む自分と目が合って、怜優は思わず溜息を吐き出した。

　移動を常とする怜優の一族に、男女の衣服に差はあまりない。女物の方が裾《すそ》や襟《えり》に凝《こ》った刺繍《しゅう》を施《ほどこ》すぐらいだ。それが曙陽の都の衣服は、男女の差があまりにも歴然としている。貴人になればなるほど、その差は際立《きわだ》つようだった。凝った豪奢《ごうしゃ》な刺繍を施すのは共通しているが、男は上衣にひらりと裾の長い服を着て、下衣に裾のつぼまったものを着るのだが、女は上衣と下衣が一体となった服を着る。お陰《かげ》で下肢《かし》が心許《こころもと》ないことこの上ない。更に、これでもかと刺繍を凝らした煌《きら》びやかなそれを幾重《いくえ》にも羽織るのだ。

重い。動きにくい。暑苦しい。

そして、疲《つか》れる。

一人で何をするのにも億劫《おっくう》だ。怜優は男であるし、慣れてしまえば不便を感じ無いが、一般的に男より体力が劣《おと》る女性が難儀《なんぎ》するのも当然だろう。位の高い女性ほど女官を大勢従える理由がわかるようになった。

怜優の後ろに立った紫桜は、黙々《もくもく》と髪《かみ》を梳《す》いて付け毛を足し、怜優の髪を結《ゆ》っていく。しばらくすれば、後宮にこれでもかと溢《あふ》れる何の変哲《へんてつ》も無い「姫《ひめ》」の一人が誕生する。

成人男子とはいえ、怜優が大柄《おおがら》で無いこと、それほど声が低くないことが幸いした。半年の「愛玩動物《あいがんどうぶつ》」としての生活によって体全体が痩《や》せていたことも、この「変装」をするのに役に立っていた。怜優の髪を背中で緩《ゆる》く編みながら、紫桜が言う。

「何かご不便はありませんか？」

「不便は——ありませんが——」

既《すで》に、ここでの生活が始まって一月《ひとつき》が経《た》つ。怜優は躊躇《ちゅうちょ》しながら問いかける。

「……僕は、いつまで、ここに？」

女の園に、歴《れっき》とした男である怜優が「姫」として滞在《たいざい》していることの方が——よほど問題である。

尤《もっと》もすぎる怜優の疑問に、年嵩《としかさ》の女官は苦笑《くしょう》を浮《う》かべた。

「さぁ——わたくしには、なんとも」

そうだろうな、と思いながら怜優はこぼれ出そうな溜息を殺す。

決死の覚悟《かくご》で逃げ出したあの朔《さく》の夜。逃げまどっていた怜優を拾って匿ったのが皇帝その人で、ここが後宮だという事実をどう受け入れるべきか——未《いま》だに頭の整理が付かない。

皇帝は戸惑《とまど》う怜優を置いて「朝には人をやる。しばらく、ここで暮らして待て」とだけ言って夜が明けない内に、さっさと怜優の前から姿を消した。

呆然とする怜優の前に、夜明けと共にやって来たのが紫桜である。

怜優の事情を心得た上で、顔色一つ変えずに怜優の世話を焼き、女装や化粧《けしょう》を施し、後宮の初歩的なことを教えてくれる優秀《ゆうしゅう》な女官。そして、その女官に案内されて覗《のぞ》き見た、広大な敷《しき》地《ち》に建てられた豪奢な建物と、その中で暮らす夥《おびただ》しい女性たちの姿を見て、ようやく怜優はあの夜に出会ったのが皇帝で、ここが後宮であるということを信じた。

五代皇帝——国名の煌をもじって、巷《ちまた》ではもっぱら「煌帝《こうてい》」と呼ばれているが——栄煌牙の評判は、派手好きな道楽者というのがもっぱらである。

毎夜、管弦《かんげん》や舞踏《ぶとう》の宴《うたげ》を開かせたり、辺境の地にいる道士の下《もと》へ自ら足を運んで教えを請《こ》うために何日も逗留《とうりゅう》したり——時には人目を忍《しの》んで市井《しせい》の遊郭《ゆうかく》に足を運んだりしているなど、噂《うわさ》の種に事欠かない。

　また先代皇帝が授《さず》かった子の中で、あまり身分の高く無い母親から生まれた人がどうして皇帝の座に就《つ》くことが出来たのか、という理由も人々の好奇心《こうきしん》をくすぐってやまなかった。

　先代皇帝と、その正皇后──紅華后には、子が無い。

　そして、先代皇帝は美男子として知られ、在位の間は後宮の女たち誰《だれ》もが夢中になったと言われるほどの人である。そのせいもあって、先代皇帝には現皇帝の他《ほか》にも子が大勢いた。

　そんなよりどりみどりの中で、五代皇帝という座に就いたのが、どうして現皇帝であるのか。

　大きな戦《いくさ》や災害も無く、衣食住に困ることが無くなった都の者たちが好んで話すのに、それは絶好の材料だった。

　そもそも、先代皇帝が亡《な》くなると同時に、その后《きさき》である人はすぐに後宮を辞し、新しく皇帝となった者の后が後宮を取り仕切るのが普通《ふつう》である。

　しかし、現皇帝に未だ正式な后はいない。そして、紅華后は未だに後宮に居座り、現皇帝の義理の母親として権力をほしいままにしている。となれば、現皇帝が位に就くのに紅華后の後押しがあったのは間違《まちが》いない。

　現皇帝は先代皇帝に良く似た美男子と言われている。

　先代皇帝の時に併合《へいごう》した国の王女であった紅華后は、今は五十代半ばであるが、若い時からその美しさは傾国《けいこく》と謳《うた》われた人である。

　名目上であるが、二人に血縁《けつえん》関係は無い。

もしや、あの二人は――。

いつからか、そんな噂が世間には蔓延《はびこ》っている。

これまで怜優にとって、都の噂話――それも、その中心にいる煌帝の個人にまつわる話などは、心底どうでも良い物だった。大陸の各地を移動する怜優たちの一族にとって大切なのは、煌帝の人柄《ひとがら》よりもその治世が行き届いており、各地の治安が安定していることである。

そのために話半分に聞き流していたが、その煌帝自らに助けて貰《もら》ったとなると――一気にそれらの話が身近に感じられてくる。

しかし、噂で聞いていた人物評と、実際の人柄はかけ離《はな》れているような気がした。

黒い髪に、薄青《うすあお》色の瞳《ひとみ》をした男は――確かに凛々《りり》しい顔立ちをしていたし、美男子と呼んで差し支《つか》えなかったが、その目は「派手好きの道楽者」というには思慮《しりょ》深かった。どちらかというと、考えすぎて倦《う》んでいるようにも見えた。

第一、煌帝が噂通りの考えなしの道楽者ならば、怜優の逃走《とうそう》を手助けするよりも先に、怜優に「泣いてみろ」と命じるぐらいのことはすると思う。それこそ、興味本位で。こちらの都合など、まるで考えることもせずに――。

泣け、泣け、泣け。

この半年、すっかりと耳にこびりついた言葉と、催促《さいそく》の声を思い出して無意識に怜優は顔を歪《ゆが》めていた。

「――怜優様？」

呼ばれて視線を上げれば、鏡越《ご》しに紫桜と目が合う。

怜優の髪を結う手を止めて、気遣《きづか》わしげに紫桜が訊《たず》ねる。

「髪の根本が痛みますか？　少し、結い方を変えましょうか？」

「いいえ、平気です。そのまま、お願いします」

怜優の些細《ささい》な変化を見逃《みのが》さない紫桜の観察眼に内心で舌を巻きながら、怜優は目を閉じる。

狭《せま》い部屋に閉じこめられて、女官《にょかん》と思《おぼ》しき者から毎朝のように「涙玉《るいぎょく》」を催促される声を聞き続けるというのは——思いの外に応《こた》えた。時折、怜優の「飼い主」であろう女が、「もっと涙玉を出せ」と喚《わめ》きながら罵《ののし》る声を一頻《ひとしき》り聞かされるのも、どちらかと言えば図太い方だと自《じ》認《にん》している怜優の精神を以《もっ》てしてもガリガリと削《けず》られていった。

泣けと言われて簡単に泣けるような器用さを、怜優は持ち合わせていない。そもそも涙精族ならば、簡単に泣けるという考え自体が浅はかだ。そんなに簡単に涙を出したり引っ込めたり出来るのなら、涙精族は流浪《るろう》の民《たみ》にならずに街などに住み着き、金持ち相手に「涙玉」を売ることで生計が立てられていただろう。

——悲しくも無いのに、泣けるものか。まして、簡単に涙を流すことなど出来る筈《はず》も無い。

狭い、狭い部屋。

外界と繋《つな》がっているのは、格子《こうし》のはめ込まれた通気用の窓と、上下に開閉する扉《とびら》がついた小窓だけ。「涙玉」と引き替《か》えに、水と食料——それから一応、人間であるということを加味して差し入れられる日用品で、なんとか食い繋いでいた日々は、今思い出しても地獄《じごく》だ。

人が人に対してする仕打ちではない、とそう思う。

怜優を拾った時に煌帝その人が言っていた通り、人の言葉を解さない変わり種の動物ぐらいに思われていたのだろう。

ふっと息を吐《は》きながら、怜優は思う。


――やっぱり、ここに来たのが自分で良かった。


人買いが涙精族の子どもを狙《ねら》うのは、大人よりも子どもの方が泣きやすく、「涙玉」が多く採れるからだ。まだ幼い弟や妹ならば、あの部屋に閉じこめられた時点で泣き喚き、家族や一族を思って泣き暮らすだけになっただろう。

そんな風に泣いたところで、あの小窓から手を差し出す女たちは、「涙玉」という珍《めずら》しい宝石がたくさん手に入ったと喜ぶことしかしないのだろう。

だから、やはり――あの夜、怜優は間違《まちが》えていなかった。

あんな者たちの為《ため》に、他の誰かを泣かせるなんて許せない。

他の誰かが捕《つか》まるより、怜優が捕まった方がずっと良い。

それに閉じこめられたその日から脱出《だっしゅつ》の方法を考え始めたのは、我ながら図太いと思う。

床《ゆか》と扉は頑丈《がんじょう》でどうしようもなかったが、床板を剝《は》がせば、そこは丸出しの土だった。かすめ取った食器を使って、こつこつと地面を掘《ほ》り返すという地味で地道な作業を続けて――約半年。人一人が通れるだけの狭い穴。

あちこち泥《どろ》だらけになって土の匂《にお》いを感じながら、そこから這《は》い出た時の達成感と満足感は言葉に出来ない。——這い出た先に更《さら》に広大な檻《おり》があるとは、さすがに怜優も思わなかったけれど。それでも、あのまま閉じこめられているより、状況《じょうきょう》はずっと良くなった。

さすがに女装で「姫《ひめ》」として過ごすことになるとは思わなかったが、きちんと三度の食事が与《あた》えられるようになり、理不尽《りふじん》に「涙玉」を求められることも無くなった。ここがどこであるのか分かった。煌帝その人から、嘘《うそ》か本当か分からないが——逃《に》げ出す時に手を貸してくれるという言葉を貰っている。

「終わりました。——今、朝餉《あさげ》をお持ちしますね」

紫桜の言葉に、ぱっと目を開けば琥珀色《こはくいろ》の瞳をして、茶色の髪《かみ》を結《ゆ》い上げた仮初《かりそ》めの「姫」が、どこか驚《おどろ》いたように自分を見つめていた。

髪型《かみがた》と衣装で女に見えることを嘆《なげ》くべきか、喜ぶべきか。判断に迷いながら付け毛と地毛の境目が分からないよう、綺麗《きれい》に髪を結い上げる紫桜の腕前《うでまえ》に感心する。

音も無く部屋を出て行く紫桜の姿を鏡越しに見つめながら、怜優は思った。

半年前より、状況はずっと良い。

逃げ出すことには失敗したが、代わりに今は煌帝の庇護《ひご》下に置かれている。紫桜は親切だ。衰《おとろ》えていた体力も少しずつ戻《もど》ってきている。そして、ここの食事は美味《おい》しい。柔《やわ》らかい寝台《しんだい》で眠《ねむ》ることが出来る。人としての扱《あつか》いを受けている。

昨日より今日は良い日だ。

だから、今日より明日《あした》はきっと良い日になる。

何度も狭い部屋で自分に言い聞かせていた言葉を繰《く》り返して、怜優は椅子《いす》から勢いよく立ち上がって――鏡に映った自分の「姫」らしくないその所作に、思わず苦笑《くしょう》した。

＊＊＊＊

後宮に入る。即《すなわ》ち、后の候補となる。

怜優のように城と無縁《むえん》の者は、そう思いがちだが――実際の後宮はそうでも無い、ということを怜優は紫桜を通して初めて知った。

後宮の中では、細かく序列が定められている。今は空白となっている皇后の位から始まって、三角の形に決められている序列は、住まいに反映されるそうだ。

怜優が今居るのは玉兎殿で、俗《ぞく》に「外宮《げくう》」と呼ばれるところにある部屋だ。ここは肩書《かたが》きは一応「側室候補」であるが、実質は皇帝《こうてい》の寝所《しんじょ》に侍《はべ》ることは無いと烙印《らくいん》を捺《お》された者たちが集まる所らしい。多くは地方豪族《ごうぞく》や貴族の娘《むすめ》たちで、儀《ぎ》礼《れい》的に招かれて後宮での行儀《ぎょうぎ》作法を身につけて、それぞれの故郷へ帰って行く。まだ国が出来て間もない頃《ころ》は人質《ひとじち》としての意味合いが強かったが、今はただの「留学」として捉《とら》えられることが殆《ほとん》どだそうだ。故郷に帰った娘たちは「後宮作法を身につけた者」として一目置かれ、引く手あまたに縁談《えんだん》が舞《ま》い込むらしく、娘を後宮に入れたいと熱望する地方の者たちの数が増加しているらしい。

そして玉兎殿の「内宮《ないくう》」と呼ばれる中枢《ちゆうすう》には、後宮に入り后《きさき》となる教育を受け、厳しい審査《しんさ》に受かった選《え》りすぐりの者たちが集《つど》っているそうだ。皇后不在の今、後宮を取り仕切っているのは前皇后である紅華后である。彼女の推薦《すいせん》が無ければ、せっかく後宮入りしても皇帝が寝所に足を運ぶことは無いそうだ。紅華后に気に入られることが「内宮」にいる女性たちの現在の最大の関心事らしい。

そして、怜優を「飼っていた」のは、そんな「内宮」に住む姫君だそうだ。

清夏蘭という宝石の名産地を領地に抱《かか》える貴族の娘が、「内宮」から「外宮」近くの部屋へ追いやられたというのは、紫桜が他《ほか》の女官から聞いてきた話である。飼っていた「愛玩動物《あいがん》」が脱走《だつそう》し、皇帝の渡《わた》りの邪魔《じやま》をして、後宮を騒《さわ》がせた責任を取らされてのことだ。

その話を聞いて、怜優はげんなりとした。

建物は豪奢《ごうしや》で、食事は三度出てくる。眠るところの心配も無い。言葉だけ聞けば庶民《しよみん》にとっては極楽《ごくらく》のような場所だというのに、足を踏《ふ》み入れれば想像以上の窮屈《きゆうくつ》さが付きまとう。

努力の末に「内宮」に入ったところで、いるのは競争相手ばかり。そして、紅華后に気に入られなければ皇帝の寝所に侍ることも許されない。それどころか機嫌《きげん》を損《そこ》ねただけで、皇后になるための競争からふるい落とされる。

若い娘にとっては、極度に追いつめられる環境《かんきよう》だ。

鉄扉《てつぴ》の向こうで喚くように「涙玉」を要求する声を思い出して、怜優は顔も知らない「飼い主」に少しだけ同情した。だからと言って、やって良いことと悪いことはあるが。許す、許さない、そういう話以前に後宮というのは案外、酷《ひど》い場所だということを怜優は認識《にんしき》した。

それだけの話である。

「――ッ」

ぱっと暗闇《くらやみ》の中で目を開けて体を起こすと、ばらばらと床の上に何かが落ちて転がる音がする。寝台から出て、慎重《しんちょう》に灯《あか》りを点《つ》けて――怜優は床の上の有様に溜息《ためいき》を吐いた。

白い小さな珠《たま》が散乱している。

間違《まちが》いなく、自分のこぼした涙が宝石に変わったものだ。

――朝になる前に拾い集めておかなければ。

紫桜は怜優が「涙精族」だと知っている。だから「涙玉」が落ちていれば、怜優が泣いていたということがすぐに知られてしまう。紫桜に知られるのは決まりが悪い。灯りをなるべく低い位置においてから、床に膝《ひざ》を突《つ》くと怜優は転がっていた白い粒《つぶ》を一つ一つ拾い集める。

あれだけ「泣け」と責められていた時には、絞《しぼ》り出すように流していた涙が――今はこうして苦も無く流せるのだから、人の体というのは不思議だ。

怜優は再び溜息を吐く。

真夜中に目を覚ますと気が付けば泣いている。そんなことが、この数日ずっと続いていた。

おそらく環境に慣れて安心して来たせいなのだろう。自分の身の安全がとりあえず確保されれば、怜優の思いは自然と家族の方へ向けられた。あの時、自分が捕まる判断をしたのは間違いでは無かったと思う。けれど、それから家族が――一族がどうなってしまったのか。考えると不安で堪《たま》らなくなる。

側《そば》にいないと、庇《かば》うことも守ることも出来ない。

この半年の間に何が起こったのか。知ることも出来ないということが、酷く苦しい。

拾い集めた「涙玉《るいぎょく》」を見て、怜優はまた溜息を吐いた。

部屋の中。私物を入れるようにと用意された寝台横の棚《たな》の引き出しを開けて、怜優はその中に白い珠を無造作に放《ほう》り込んだ。そこには怜優を「飼っていた」姫ならば、狂喜乱舞《きょうきらんぶ》するだろう――白い綺麗な「涙玉」が既《すで》に結構な数集《あつ》まっている。

――入り切らなくなったら、どうしようか。

助けて貰《もら》った礼に、煌帝と紫桜に渡してしまうのが良いかも知れない。

そんなことを考えながら引き出しを閉めたところで、がたりと――部屋の戸が鳴った。

「――宵《よい》っ張《ぱ》りだな」

どこか呆《あき》れたような響《ひび》きを持つ男の声に飛び上がって振《ふ》り返れば、怜優を拾ってから全く音《おと》沙汰《さた》の無かった煌帝が立っていた。

驚いて声を上げそうになる怜優を、気だるげに片手を上げた煌帝が制す。

「今日は――生憎《あいにく》、お前の脱出の算段を話に来た訳では無い。しばらく匿《かくま》ってくれ」

「匿う？」

匿われているのは怜優の方だ。後宮とは、目の前の人の寝所である。どうして、その人がこんな「外宮」にまで足を延ばして隠《かく》れようとしているのか。

理由が分からず困惑《こんわく》したところで、怜優は相手の顔色が酷く悪いことに気が付いた。薄青色《うすあお》の瞳《ひとみ》がぎらぎらと冴《さ》えている。それなのに頰《ほお》は紅潮していて、顔全体が青白い印象を与えている。なんだか奇妙《きみよう》な顔つきに、思わず怜優は訊《たず》ねた。

「──具合が？」

「悪い」

怜優の問いに一言で答えた煌帝は寝台に歩み寄って、そこに横になった。

「え──」

この部屋に寝台は一つきりである。怜優にどこで眠れというのか、この男は。

そして具合が悪いのなら、すぐに医者にかかるべきであろう。

そんなことを思っていると、怜優に背中を向けて横臥《おうが》した煌帝が長い溜息の後に言った。

「一服盛られた」

「一服⁉」

物騒《ぶっそう》な単語に思わず大声を出して、ハッと怜優は口を押さえる。

怜優の言葉に構わず煌帝は話を続けた。

「毒ではない。精力剤《ざい》の類《たぐい》だ。後宮の侍医《じい》も共謀《きょうぼう》しているから、下手に人を呼ぶと面倒《めんどう》になる。

少し休んだら帰るから——それまで、適当にしていろ。ただ、誰《だれ》かが捜《さが》しに来たら追い返してくれ」

「はぁ——」

あまりにも予想外の言葉に、怜優の口からは腑《ふ》抜《ぬ》けた声しか出ない。煌帝は必要なことだけ言い捨てて、黙《だま》ってしまった。手持ち無沙汰になって、とりあえず部屋にある椅子に腰《こし》を下ろして、その背中を眺《なが》めてみる。

押し殺した苦しそうな息づかいと、上下する肩《かた》。

明らかに通常の反応では無いそれに、自然と怜優の眉《まゆ》が寄る。

怜優が後宮に入って知ったのは、世間で言うほど煌帝は好色家で無いということだった。

煌帝が後宮に訪《おとず》れると、仰々《ぎょうぎょう》しく銅鑼《どら》の音が鳴り響く。その音がしたのは怜優が知る限り、片手で足りる——いや余るほどだった。後宮の実質の主人である紅華后とも、世間で言うほど密接な関係を持っている様子も無い。むしろ、それらを全体的に忌《き》避《ひ》しているように見える。

そもそも、煌帝に医者まで仲間になって精力剤を盛るとはどういうことか。

どういうことが閨《ねや》で行われるのか。経験は無いが怜優は知識として知っている。初めて下着を汚《よご》して起きた日の朝に、改まった父親から厳《おごそ》かに教えられたのだ。その時に父親から真剣《しんけん》な面持《おもも》ちで教えられたのは、軽率《けいそつ》に体を重ねてはならないということだった。

想《おも》い合う相手以外と肌《はだ》を重ねてはならない。

相手への思いやりを忘れてはならない。

自分の快楽だけを追いかけるような真似《まね》をしてはならない。

──それら全《すべ》てに後宮は反している。

相手と行為《こうい》をするために、精力剤を自ら飲むというのなら分かるが──相手をその気にさせるために、こそこそと精力剤を盛るような真似は、どう考えても褒《ほ》められたものではない。体調を崩《くず》しながら煌帝自らが逃《に》げて来たのだから、明らかに同意では無いだろう。

皇后になるための機会を逃《のが》す訳にいかないと、「内宮」の姫《ひめ》たちが必死なのは分かるが──それだと煌帝の意思があまりにも蔑《ないがし》ろにされている。

不敬だろうが、その姿が閉じ込められていた自分の姿に少し重なる。

怜優は立ち上がって、先ほど閉じたばかりの引き出しを開けた。そこから一粒《ひとつぶ》、白い珠を取り出して──背中を向けたまま苦しげな息をする煌帝に声をかける。

「なんの精力剤を盛られたか、分かりますか？」

怜優から問いがあるとは思っていなかったのだろう。一瞬《いっしゅん》、煌帝の肩が強《こわ》ばった。それから、苦しい息の下で皮肉な声が言う。

「さぁな。普段《ふだん》なら、それなりに判別も付くが──今日はやたらと濃《こ》い葡萄《ぶどう》酒ばかり飲まされて、それに混ぜられていた。だから、分からない」

「酒に混ぜられていたんですか？」

「ああ──全く。どっちにしろ勃《た》たないのにな。酒なんて飲ませたら余計に勃たなくなるだろうに、頭の悪い奴《やつ》らだ」

「え？」

——今、さらりと、とんでもない事実が投下された気がする。

思わず硬直《こうちょく》する怜優の方に向き直るようになって、煌帝が口元に笑《え》みを浮《う》かべた。相変わらず視線はぎらついていて、顔色は悪い。それだと言うのに、まるでなんてこと無いような顔で、軽薄《けいはく》そうに笑う煌帝が何を考えているのかよく分からない。

「それで？　まさか、俺に跨《また》がろうと思っている訳じゃ無いな？　玉怜優？」

「——？　どうして僕が貴方《あなた》に跨がるんですか？　そんなことしませんよ」

揶揄《やゆ》するように吐《は》き出された言葉を不思議に思って否定しながら、怜優は部屋の隅《すみ》に置いてあった水差しを手に取る。

酒による酩酊《めいてい》と、精力剤による興奮作用で苦しいのだろうという見当は付いた。世に言う精力剤が、どういう類の物で作られているのかは大体把握《はあく》している。酒と混ぜて強い効果を発揮する物となると、更《さら》にその数は限られる。

怜優は改めて煌帝の体に目を向けた。怜優と比べて、立派な体格をした成人男性だ。

——ならば、白い「涙玉」一つが処方するのに妥当《だとう》だろう。

水差しから硝子《ガラス》細工の茶碗《ちゃわん》に水を注いで、相手に手渡《てわた》そうとしたところで——怜優はハタと気付いて動きを止めた。

目の前の相手にこの「涙玉」を処方して良いものか。それに、一応これは一族の秘密である。何より、たった今、怪《あや》しい薬を盛られたばかりの相手が素直《すなお》に怜優の差し出す「涙玉」を飲んでくれるだろうか。

考え込む怜優に、煌帝が薄青色の瞳を眇《すが》める。

「――玉怜優？」

呼ぶ声には怪訝《けげん》さと、苦しさが混じっている。

目の前で苦しむ人を助ける方法を知っているのに、それをしないでいられるような性格を怜優はしていない。それに、煌帝は恩人である。

――仕方がない。

横になったことで緊張《きんちょう》が解《ほぐ》れたのか、先ほどより煌帝の手足には力が入っていないようだ。

多少の無礼には目を瞑《つむ》って貰いたいところだ。

望まぬ興奮状態を引きずるのは、相手も本意では無いだろう。

そんなことを思いながら怜優は寝台《しんだい》に近付いた。

「――なんだ？」

その問いに答えないまま怜優は煌帝を見下ろして、手にしていた「涙玉」を口の中に放り込む。それから茶碗の水も少量、口に含《ふく》んだ。

――本来なら、意識の無い相手に薬を飲ませる手段なのだが。

仕方がない、と再び思いながら煌帝に覆《おお》い被《かぶ》さって、怜優はぐいと相手の襟首《えりくび》を掴《つか》んでその顔を引き寄せた。

そのまま、歯がぶつかりそうな勢いで唇《くちびる》を重ねる。

薄青色の瞳が僅《わず》かに瞠目《どうもく》しているのが間近で見えた。それをじっと見つめながら、怜優は舌先で「涙玉」を相手の口の中に押し込む。得体の知れない物体が口の中に入れられたことに、相手がぎょっと体を強ばらせるのを感じながら、怜優は少しだけ唇を離《はな》して言った。

「鎮静剤《ちんせいざい》です」

飲めば、楽になる。

そう続けて、口の中に含んでいた水を流し込む。

明らかに疑わしそうな目つきの煌帝だったが、不意に力を抜《ぬ》いた。怜優への疑いを解いた、というよりも、どうなっても構わないというような投げやりさが透《す》けて見える。

――勿体《もったい》ない。

思いながら怜優は口を離して、煌帝の顔を見つめる。倦怠《けんたい》感と諦念《ていねん》の滲《にじ》んだ瞳《ひとみ》と、口元の軽薄さを装う笑みが、せっかくの顔立ちを台無しにしている気がする。

水を飲ませ終わって体を起こすと、怜優は弟や妹を寝《ね》かしつける時と同じように、煌帝の体を優《やさ》しく一定の速度で軽く撫《な》でるように叩《たた》く。

懐《なつ》かしい動作に気が付けば、口からはいつもの子守歌《こもりうた》が転がり出ていた。

泣くな　泣くな
まるきり子どもをあやすような怜優の行動に、煌帝の薄青色の瞳には困惑《こんわく》が浮かんでいた。

「──お前」

　そこまで呟《つぶや》いて、言葉を区切った煌帝が思わずというように言った。

「──変わっている、と言われないか？」

「いえ？」

　怜優より煌帝の方が変わっていると思うが、それは口に出さないまま怜優は首を傾《かし》げる。

　人よりも少し図太い自覚はある。しかし、そもそも怜優の一族自体が、普通《ふつう》の人間の定義から少しだけ逸脱《いつだつ》していて変わっているのだから──怜優の性格だって少しぐらい、煌帝の知る普通からは逸脱していてもおかしくない。完璧《かんぺき》な者などいない。人間なんて皆《みな》それぞれ少しずつ違《ちが》ってどこかが変なのである。それを補い合うために、自分がいて他人がいる。旅暮らしと一族の教えを照らし合わせて、決して長くない人生で怜優が得た持論はそれだ。

　そんなことを子守歌の合間に返せば、しばらく怜優を凝視《ぎょうし》していた煌帝が呆《あき》れたように瞼《まぶた》を閉じて言った。

「……見た目にそぐわず、言うことが男前だな」

「女装しているんだから、男に見えなくて当たり前でしょう」

「そういう意味じゃない──」

　では、どういう意味か。首を傾げる怜優を見ることもなく、煌帝が息を吐きながら呟く。

「……とんだ拾い物だったかも知れない」

「──？」

首を傾げたところで、煌帝はそれ以上何かを口にすることは無かった。荒《あら》い息が穏《おだ》やかになり、上下していた肩が静まり、胸がなだらかに動くだけになった。浮かんだ汗《あせ》を一通り拭《ぬぐ》って、額に張り付いていた黒髪《くろかみ》を払《はら》ってやる。

眠《ねむ》りに落ちたらしい煌帝の顔は、陶器《とうき》の人形のようだった。

整っていて、怖《こわ》いぐらいに人間味を感じない。

——それにしても、楽しくないところだ。ここは。

煌帝さえもままならない理屈《りくつ》で人が動き、不自由を強《し》いられている。

思い出したのは、地平線に沈《しず》む夕日。天幕を広げた簡素な住処《すみか》。夜露《よつゆ》の匂《にお》いと、風の音。肌に触《ふ》れた空気が土地の気候や季節を告げる——そんな流浪《るろう》の生活だった。

どちらが良いとは言わない。しかし、少なくとも怜優は、ああいう自然に囲まれた暮らしの方がよほど性《しょう》に合っている。

子守歌の最後の一節を歌い終わって、軽く煌帝の身体《からだ》を叩いた。先ほどの荒い息とは違う、落ち着いた寝息《ねいき》が聞こえる。

瞼を閉じたまま、動くことの無い寝顔に——怜優はそっと呟く。

「おやすみなさい」

一般的《いっぱん》に、ただの宝石として出回っている「涙玉《るいぎょく》」だが、それに薬効があることを知っている者は極《きわ》めて少ない。

そもそも、「涙玉」とは涙を流した時の感情で色が異なるものだ。

喜びなら、黄色。

怒《いか》りなら、黒色。

哀《かな》しみなら、白色。

楽しさなら、緑色。

世間に出回っているのは白と黒の「涙玉」だけだ。それは大半が捕《つか》まえた涙精族から無理矢理《むりやり》に搾《しぼ》り取った涙だからである。

それらの効能に、いつから怜優たちの一族が気付いていたのか分からない。けれど、一族は「涙玉」を使いこなして、その他《ほか》に薬草や医学に関する知識を蓄《たくわ》えてきた。大陸は広く、医療《いりょう》が未発達な場所も多い。ただの流浪の一族よりも、医療技術を持った集団の方が滞在《たいざい》先から歓《かん》迎《げい》されやすい。何より人の命を取り扱《あつか》う職業ということで敬意を持って接される。そのため素《す》性《じょう》に関する詮索《せんさく》がされ難《にく》い。そんな利点があるから、一族の者たちは幼少の頃《ころ》から「涙玉」の効能と、薬草や医学に関する知識を一通り習う。

怜優も、その例に漏《も》れず——一族の年長者たちから教えを受けて育っていた。

ごっ、と鈍《にぶ》い音がして軽い衝撃《しょうげき》が体に響《ひび》く。

「――……痛い」

呟いて、ぼんやりと目を開けば――そこは床《ゆか》の上だった。どうやら寝台から落ちたらしい。寝相《ねぞう》は良い方だと思っていたが、今日に限ってどうして寝台から落ちてしまったのだろう。しかし、眠い。起きあがるのが面倒《めんどう》くさい。怜優は、そのまま床の上で丸まった。

元々、眠るところにこだわりは無い。わざわざ寝台に這《は》い上がるよりも、今は眠気《ねむけ》が勝っている。半年の間、寝床《ねどこ》とも呼べないようなところで眠っていたのだから、床の上ぐらい大したことは無い。そんなことを考えながら呑気《のんき》に欠伸《あくび》をすると、上から声が降ってきた。

「おい」

「……んぁ？」

ぼんやりしながら上を見れば、そこには薄青色の瞳があった。

そこでようやく、深夜の珍客《ちんきゃく》を思い出して怜優は体を起こした。煌帝が眠りに就《つ》いたのを見届けて、怜優も寝台の隅《すみ》で眠りに就いたことを思い出す。どうやら寝台から転げ落ちたのは、怜優の寝相のせいではなく、単純に二人で眠っていたせいで、いつもより寝台が狭《せま》かったのが原因らしい。

一つ伸《の》びをしてから怜優は立ち上がった。

部屋の中には薄明《うすあ》かりが差し込んでいる。もうすぐ朝になるだろう。そんなことを思いながら、怜優は煌帝に問いかけた。

「体調はどうですか？」

「――」

怜優の問いに、煌帝は何か信じられない物でも見ているような顔をする。

「？　どうかしましたか？」

怜優が言うのに、煌帝が困惑したように言った。

「俺は寝ていたのか？」

「ええ、僕が見ていた時は。その後は僕も眠ってしまったので、分かりませんけれど」

その言葉に煌帝の表情が、ますます困惑したようなものになっていく。

「お前も、ここで寝たのか？」

「？　そうですけれど」

他にどこで眠れと言うのか。

そう思って怜優は首を傾げる。もしかして、同衾《どうきん》したことを咎《とが》められているのだろうか。しかし、ここは怜優の部屋である。一つしか寝具《しんぐ》が無く、怜優も眠たかったのだから仕方がない。男同士なのだから添《そ》い寝ぐらいは数に入らないのではないか。

そんな怜優に対して、信じ難《がた》いという顔で煌帝は問いを重ねた。

「お前が横で寝ていたのに、俺は起きなかったのか？」

「……？　大丈夫《だいじょうぶ》ですか？」

煌帝が何に動揺《どうよう》しているのか分からずに、怜優は思わず訊《たず》ねる。

白い「涙玉」の効能は、主に鎮静《ちんせい》作用だ。昨夜、煌帝が盛られた精力剤《ざい》にちょうど効くと思ったのだが——見立て違いだったろうか。白い「涙玉」は健康な者に与《あた》えると、気が塞《ふさ》ぎ無気力になるなどの悪影響《あくえいきょう》が出る。しかし、煌帝の様子はそれには当てはまらないように見えた。

難しい顔で何かを考えていた煌帝は、思考を切り替《か》えるように顔を上げた。

そして、視線を窓の方へやって舌打ちをする。

「——眠りすぎた」

「え？」

「俺が『外宮《げくう》』に泊《と》まったことがバレたらまずい」

「——」

確かに、精力剤を盛った相手から逃《に》げた相手が別の女の部屋にいたとして気を悪くしない者はいないだろう。それも后候補《きさき》の揃《そろ》う生《は》え抜《ぬ》きの「内宮《ないくう》」ではなく、「外宮」にいたと知られたら、他の姫《ひめ》たちも怒り狂《くる》うに違いない。そして、それらの姫を選《え》りすぐって煌帝にあてがっている紅華后も気分を害するだろう。

——そこまで考えていなかった。

煌帝をうっかり部屋から送り出したら大変なことになる。しかし、いつまでも煌帝を部屋に置いておく訳にもいかない。思案する怜優に、真顔で煌帝が言った。

「護衛の詰《つ》め所は分かるか？」

「まぁ、一応——」

怜優が出歩くことは殆《ほとん》ど無いが、最低限「外宮」の中については紫桜から説明されている。

「その近くに李慈雨《りじう》という女騎士《きし》がいる筈《はず》だ。そいつを呼んできてくれ。露草《つゆくさ》が呼んでいる、と言えばすぐに来る」

「李慈雨？」

「背の高い、いかにも融通《ゆうずう》の利《き》かない顔をした女騎士だ。――急げ」

何の打開策も浮《う》かばない身で煌帝の命令に従わない理由が無い。寝間着《ねまき》の上に夜着を羽織ると、怜優は部屋を飛び出した。

後宮は歴代の皇帝《こうてい》たちが建て増しを繰《く》り返したせいで、通路が入り組んで複雑な造りになっている。それほど古くない記憶《きおく》を引っ張り出せば、なんとかまっすぐと護衛の詰め所にたどり着くことが出来た。

――しかし、このまま馬鹿《ばか》正直に詰め所の扉《とびら》を叩《たた》いて良いものか。

逡巡《しゅんじゅん》に怜優が足を止めていると、背中から低く落ち着いた女性の声が響いた。

「何か御座《ござ》いましたか、姫君《ひめぎみ》？」

振《ふ》り返ると、そこには麗人《れいじん》が立っていた。

女性にしては背が高い。そして、背筋が伸びているので余計に背が高く見える。後宮にいる女官《にょかん》や姫たちのように動きにくい格好ではなく、ゆったりした衣服を着て腰《こし》に佩刀している。

赤みがかった茶色の髪《かみ》を後ろで一つに結《ゆ》い上げて、意志の強そうな黒い瞳《ひとみ》をしている。

「――李慈雨さん？」

呼びかければ、相手が怪訝《けげん》な顔をして首を傾《かし》げる。

「なぜ、わたしの名前を？」

その問いに答えずにほっとして相手に駆《か》け寄って、怜優は言う。

「露草が」

その単語を口に出した途端《とたん》に、かっと相手が目を見開いた。麗人が目を見開くと、とんでもない迫力《はくりょく》が出る。その表情にたじろぎながら、怜優は言葉を続けた。

「露草が貴方《あなた》を呼んでいます。来て貰《もら》えますか？」

「無論です」

大きく頷《うなず》いた相手の、あまりの物わかりの良さに戸惑《とまど》いながら、怜優は女騎士を連れて自分を部屋へと引き返す。

戸を開ければ寝台《しんだい》から起き上がって身支度《みじたく》を整えた煌帝がいた。

その姿に傍《かたわ》らの女騎士が安堵《あんど》したように言う。

「主上……！」

そのまま拝礼の姿勢を取る女騎士に、煌帝が肩《かた》を竦《すく》めるようにして言う。

「今はやめてくれ。それより――お前がいるということは瞭明《りょうめい》からの連絡《れんらく》があったんだな？」

「はい。兄から、主上が後宮で行方《ゆくえ》知れずになったと。そもそも、どうして、こんな時刻までこちらに？」

女騎士からの問いに、いささか仏頂面《ぶっちょうづら》になりながら煌帝が言う。

「寝過《ねす》ごした」

「寝過ごした？　主上が？」

信じられないというように繰り返す女騎士の声に、煌帝が目を瞑《つむ》った。

「それより俺をここから上手《うま》く連れ出してくれ。俺は昨日、具合が悪くなって金烏城の私室に帰ったことにする。下手に紅華后を刺激《しげき》したくない」

「御意《ぎょい》」

答えた女騎士が立ち上がる。

──本当に煌帝だったんだな、この人は。

何度目かの実感と共に、しげしげとその光景に見入っていれば、不意に煌帝の薄青《うすあお》色の瞳が怜優に向けられた。

「玉怜優」

「はい」

呼ばれて返事をすれば、思いもかけない言葉が煌帝の口から発される。

「また来る」

「はぁ──？」

どうして、わざわざ来る必要があるのか。

部屋に招き入れるのも送り出すのも苦労することは明白である。怜優に用事があるのなら、紫桜越しに言伝《ことづて》でも送《ご》ってくれれば事足りるだろうに。そんな思いが過《よ》ぎったが、それを口にするよりも先に女騎士に連れられて、煌帝は怜優の前から姿を消していた。

それから、広々と寝台を独占《どくせん》して二度寝《にどね》した怜優は、紫桜が訪《おとず》れて揺《ゆ》り起こされるまで——ぐっすりと眠《ねむ》った。

＊＊＊＊

金烏城の私室にたどり着くと、玉兎殿で己《おのれ》を先導していた女騎士と瓜二《うりふた》つの宰相《さいしょう》・李瞭明が眉《まゆ》を顰《ひそ》めて自分を出迎《でむか》えるのに、栄煌牙は溜息《ためいき》を吐《つ》いた。ようやく私室の椅子《いす》について人心地《ひとごこち》ついたところで、瞭明からの問いが飛ぶ。

「主上、玉兎殿で何があったのですか？」

薄青色の瞳を向ける。

いかに乳兄弟《ちきょうだい》で現在は宰相として政《まつりごと》の場で右腕《みぎうで》を担《にな》っている瞭明でも、後宮への出入りは禁じられていた。本来ならば皇帝の寝所《しんじょ》である玉兎殿を、前皇后である紅華后が掌握《しょうあく》していることを、城に勤めている者で知らない者はいない。

胸に沸《わ》き上がる嫌悪感《けんおかん》を見て見ぬ振りして、口元に皮肉っぽい——軽薄《けいはく》と呼ばれる笑いを浮かべながら、敢《あ》えて軽い声で煌牙は事実だけを端的《たんてき》に述べた。

「精力剤を盛られた」

昨日の相手は、南方の土地の姫だった。あの辺りは気候が温暖で湿気《しつけ》が多い。衣服も肌《はだ》が見えるようなゆるりとした物が多い。それと関係しているかは知らないが、性に関してはどちらかというと奔放《ほんぽう》で、その手の薬も盛んに流通している。やたら勧《すす》められた葡萄《ぶどう》酒も、あの姫の出身地の特産物だ。

煌牙の言葉に、かっと目を見開いて瞭明が固まった。それから、すぐに問いを発する。

「では、まさか、昨日の姫君と――？」

「馬鹿言え。盛られたところで、勃《た》たないものは勃たん」

そして、あの姫は二度と閨《ねや》に侍《はべ》ることは無いだろう。

皇帝の座に就《つ》いてから、煌牙が後宮で夜を明かしたことは無い。いつも夜半には金烏城の私室へと戻《もど》って体を休ませる。酒精と精力剤の効果もあって、いつもよりも早い退出だった。

――紅華后は、あの姫に対して今頃《いまごろ》怒《いか》り狂っていることだろう。

そんなことを思いながら煌牙は訊《き》く。

「紅華后から使いが来たのか？」

瞭明が慈雨を後宮に送り込んだということは、後宮から自分の居所を確認《かくにん》するための使いなり何なりが訪ねてきたに違《ちが》いない。煌牙の問いに、瞭明が頷いて答えた。

「昨日、紅華后様の使いが私のところまで訪ねてきて主上の私室を確認して欲しいと。具合が悪く私室で休んでいる、と使いには答えましたが」

金烏城の皇帝の私室に、許可無く立ち入りを許されているのは瞭明だけだ。だから、紅華后も瞭明のところへ使いをやったのだろう。紅華后の使いに満点の回答をした宰相は言葉を続ける。

「紅華后様が使いを寄越《よこ》すということは後宮内で、あちらが主上の姿を見失ったのだと思いまして——妹に詰め所へ行くよう頼《たの》みました」

「ああ、お陰《かげ》で助かった」

後宮で女騎士として勤める李慈雨は、瞭明の双子《ふたご》の妹だ。先代皇帝である父が気まぐれに手を付けた姫の中で、煌牙の母の身分は一番低く、女官の数は最低限で、他《ほか》の皇子たちとの交流も無かった。なので、煌牙が信じて頼《たよ》ることの出来る数少ない者たちである。

今は玉兎殿で涙精《るいせい》族の青年の世話役をしている東紫桜も、亡《な》くなった李兄妹《きょうだい》の母親であった乳母《うば》の同僚《どうりょう》で、主に煌帝の母親の世話にあたる女官だった。

——天下の煌帝に、信頼《しんらい》出来る者が数えるほどしかいないのか。

そんな自分の状況《じょうきょう》を皮肉っぽく笑っていると、眉を顰めた瞭明が問いを続けた。

「それで結局、昨夜はどちらに？」

「例の青年のところだ」

「ああ——」

不遇《ふぐう》の涙精族の青年が「愛玩《あいがん》動物」として飼われていて、偶然《ぐうぜん》にそれを発見して保護したことは既《すで》に瞭明に話してあった。女だらけの後宮の中で、紅華后の目から逃《のが》れるためにも、「外《げ》宮《くう》」にいる男性の部屋を選ぶのが無難だ。

納得《なっとく》したように頷いたところで、瞭明は首を傾げた。

「では――なぜ、今までその部屋に？　何かございましたか？」

その言葉に煌牙は一瞬《いっしゅん》、言葉に詰《つ》まった。

色気も何も無い、歯がぶつかりそうな勢いの唇《くちびる》の触《ふ》れ合い。

飲まされた得体の知れない鎮静剤《ちんせいざい》。

それを飲み込んだのは――投げやりな気持ちからだった。

涙精族。

その一族の青年から毒を飲まされる心当たりなら、嫌《いや》というほどあった。迫害《はくがい》されている一族を救えもしない暗愚《あんぐ》な皇帝《こうてい》。すぐに逃《に》がしてやることも、元凶《げんきょう》である姫《ひめ》を断罪することも出来ない無能ぶりを晒《さら》して――いたずらに後宮に留め置いているのだから、憎《にく》まれて恨《うら》まれても仕方がない。

そう思っていた。

けれど、そんな煌牙の気持ちを裏切って、相手は予想外の行動ばかりを取った。

意識が途《と》切《ぎ》れる間際《まぎわ》まで響《ひび》いていた聞き馴染《なじ》みの無い子守歌《こもりうた》。赤子を寝《ね》かしつけるように軽く体を叩《たた》く掌《てのひら》。目が覚めて煌牙が仰天《ぎょうてん》したのは、あまりにも無防備な顔で眠っている相手の寝顔を見たからだ。

いくら鎮静剤を処方されたとはいえ、あんなにぐっすりと――人の気配を間近に感じながら眠ったことは無い。頭の底の方はいつだって冴《さ》えて起きているような緊張感《きんちょうかん》がくすぶっていて、それが消えたことなど無い。

――特に後宮では。

それなのに、あんなに間近に、あの青年が眠っていることに気づかなかったというのは煌牙にとっては衝撃《しょうげき》だった。何より目覚めた時の頭はいつもよりもすっきりとしていて、疲《つか》れが取れていた。それほどに自分が眠っていたという事実が俄《にわか》に信じられなかった。

煌牙が驚《おどろ》いて体を起こした途端《とたん》に、相手はむずかるように寝返《ねがえ》りを打って、そのまま寝台の下に落ちていった。寝起きの声と共に床《ゆか》の上から起き上がってきたが。

無防備な琥珀色《こはくいろ》の瞳《ひとみ》。子どものように無防備で、それでいて大人の礼を弁《わきま》えている青年は、煌牙の目には不思議なものに映った。

――玉怜優。

涙が宝石に変わる神秘的な一族に相応《ふさわ》しく、金に近いような茶色の髪《かみ》も琥珀の瞳も似合っていた。どちらかというと繊細《せんさい》という言葉が似合いそうな造作と、難なく女装が出来るほどの華奢《きゃしゃ》な体をしているというのに、中身の方は――肝《きも》が据《す》わっているというか、変わり者というべきか。裏表の無い感情。向けられた真っ直《す》ぐな視線に、封《ふう》じ込めた古い思い出が溢《あふ》れ出しそうになるのに目を閉じる。

「主上？」

「――寝過ごしただけだ」

「は？」

「少し横になって、すぐに金烏城に戻るつもりだった。しかし、寝過ごした。そのせいで、こんな時間になった。紅華后のお眼鏡に適《かな》っていない女と一晩過ごしたとなると、大騒《おおさわ》ぎになるからな。慈雨のお陰で玉兎殿を出ることが出来たが——危ないところだった」

「主上が、寝過ごしたのですか——？」

目を開けけば、瞭明が妹と全く同じ——呆気《あっけ》に取られた顔をして煌牙を見つめている。この兄妹は驚くと目を見開いて固まる癖《くせ》がある。造作が整っているせいで、妙《みょう》な威圧《いあつかん》感を発する驚きの表情を眺《なが》めて、少し笑って煌牙は言った。

「瞭明、慈雨に一つ頼みごとをしたい」

「——何でしょう？」

まだ衝撃から立ち直っていない右腕に、煌牙は告げる。

「今度、慈雨が夜に護衛に当たる日に俺が玉兎殿に忍《しの》んで行くのを手伝うよう言ってくれ」

「主上が——玉兎殿に？　何の御用《ごよう》ですか？」

幼い頃《ころ》に育った場所とはいえ、煌牙が後宮を嫌っているのをよく知っている宰相《さいしょう》が驚いた顔のまま言った。渡《わた》りも紅華后の招きに応じて、最低限の義務として通っているだけなのは周知の事実だ。

あそこに行くと暗いことばかり思い出す。

薄暗《うすぐら》い中に浮《う》かび上がる、生気の無い白い肌。艶《つや》を失った髪。脆《もろ》くなって割れた爪《つめ》。閉じられたまま動かない瞼《まぶた》。

泣くな　泣くな

馴染みの無い子守歌が不意に頭に浮かぶ。

間近で見た琥珀色の瞳を思い出しながら煌牙は、堅物《かたぶつ》の宰相に目的を冗談《じょうだん》で返す。

「夜這《よば》いだ」

「は――？」

再び、かっと目を見開いて固まった瞭明の顔に、煌牙は声を立てて笑った。

＊＊＊＊

――いい加減、自分でもうんざりしてくる。

真っ暗な天井《てんじょう》を見上げて、怜優は溜息《ためいき》を吐《つ》いた。仰向《あおむ》けになった顔の横に、小さな珠《たま》の感《かん》触《しょく》がある。起き上がると、ばらばらと床の上に落ちるだろうそれを拾い上げるのも面倒《めんどう》くさい。

しかし、後宮での生活を支えてくれる紫桜に、夜中に一人で泣いているのがバレるのは嫌だった。少しの逡巡《しゅんじゅん》の後に、怜優はゆっくりと体を起こした。

途端、起きあがった弾《はず》みで寝台《しんだい》からばらばらと「涙玉」が落ちる音がする。

手探《てさぐ》りで枕元《まくらもと》の灯《あか》りを点《つ》けようとしたところで、不意に――暗がりから声が聞こえた。

「宵《よい》っ張《ぱ》りではなくて、夜泣きだったたか」

「はい？」

一人しかいないと思っていた空間に響いた声に、思わず飛び上がる。

聞き覚えのある男の声。

この後宮に、怜優以外の男性といえば一人しか浮かばない。

慌《あわ》てて灯りを点ければ、当然の顔で椅子《いす》に座る男の姿が浮かび上がった。

「貴方《あなた》、いつから――」

「少し前から」

「少し前？」

「俺が部屋に入った時には、お前はもう泣いていたな。いつから泣いていたかは知らないが」

「あ――」

――悪趣味《あくしゅみ》だ。泣いているのが分かったのなら、起こしてくれれば良いものを。それより、部屋に入るのなら灯りぐらい点ければ良いのに。暗い中で人が啜《すす》り泣く声など聞いていたって、楽しくもなんとも無いだろう。

いっぺんに言葉が頭に溢れて、どれを口にすれば良いのか分からなくなる。そんな怜優の顔をまじまじと見つめた後、煌帝はふっと笑いながら肘掛《ひじか》けに腕《うで》を突《つ》いて言う。

「お前は――本当に分かりやすいな」

以前も思ったが、褒《ほ》められている気がしない。

そこでふと、今日は煌帝の訪《おとず》れを告げる銅鑼《どら》の音が聞こえなかったことを思い出す。どうして、この人がここにいるのか。今日は精力剤《ざい》を盛られて逃げ込んできた、という風でも無い。

怜優が疑問を口にするよりも先に、煌帝が言った。

「今日の訪問は非公式だ。俺は今日、後宮に来ていない」

「はぁ——？」

来ているのに、来ていないというのは、どういうことか。いや、しかし——煌帝が公式に後宮を訪れて、「内宮《ないくう》」の姫たちを無視して夜に「外宮《げくう》」の姫の下《もと》を訪れたと知れたら問題になるのか。一々、面倒で楽しくない場所だ。ここは。

そんなことを思いながら、怜優は素朴《そぼく》な疑問を口にする。

「あの——何の御用ですか？」

まさか煌帝を放《ほう》り出して、床に散らばる「涙玉《るいぎょく》」を拾い集める訳にもいかない。

怜優の言葉に、煌帝は言った。

「また来ると言っただろう？」

「はぁ——」

確かに、そんなことは言っていた。しかし、何の目的があって来るのかが分からない。

「この間の夜」

「はい」

「俺に飲ませた鎮静剤《ちんせいざい》」

「はい」

「あれは、どこで手に入れた？」

「――」

誤魔化《ごまか》すことを許さない、単刀直入な問いに怜優は沈黙《ちんもく》する。

そんな怜優を見ながら、煌帝は顎《あご》を掌に載《の》せて薄青《うすあお》色の瞳を細めた。

「俺は曲がりなりにも皇帝《こうてい》だからな。薬や毒への耐性《たいせい》をつける訓練はしている。その俺に効く精力剤を盛ることが出来たのは、後宮の医者も共謀《きょうぼう》していたからだ。それなりに強力な薬になる。その効果を抑《おさ》えて、かつ俺が寝過ごすぐらいの鎮静剤を――この鳥籠《とりかご》みたいな場所でどうやってお前が手に入れたんだ、玉怜優？」

当然の疑問に、怜優は溜息を吐いた。安易に「涙玉」を使ったのは失敗だったかも知れない。稀少《きしょう》なだけでなく薬効があるとまで知られたら、間違《まちが》いなく「涙玉」の価値は跳《は》ね上がる。それは即《すなわ》ち、怜優たち一族がより危険に晒《さら》されるということだった。

「……答えたくありません、と言ったらどうなりますか？」

悪足《わるあ》掻《が》きにそう言えば、相手の唇《くちびる》が薄く弧《こ》を描《えが》く。

「こんな話を知っている」

唐突《とうとつ》な切り出しに、怜優は瞬《まばた》きをした。それに構うことなく、煌帝が話を始める。

「涙精族が流す『涙玉』には二色ある。白と黒。そして、黒の『涙玉』は――誤って飲めば命を落とす猛毒《もうどく》だそうだな？」

「――」

「三代皇帝が抱《かか》えていた薬師《くすし》は、腕は良いが変わり者でな。世界中から集めた珍品《ちんぴん》貴重品にも薬効が無いかを確認《かくにん》するために、色々と実験をしていたらしい。その記録が残っている。古い話だが、一部の知識人には伝わっている話だ。ただでさえ、貴重な『涙玉』をわざわざ口にするような阿呆《あほう》は滅多《めった》にいないから、効果の程《ほど》を見たことは無いが。──さて、黒い『涙玉』が毒になるのならば、白い『涙玉』はどうなるのか？　何か薬効が宿っていないのか？」

──これは大凡《おおよそ》、「鎮静剤」の正体に見当が付いているに違いない。

床《ゆか》に散らばる白い珠を見れば、怜優がそれを手に入れることが容易だったことが知れる。

怜優は最後の足掻きに、小さな声で訊《たず》ねた。

「……秘密にして貰《もら》えますか？」

その問いに形の良い眉《まゆ》を上げながら、煌帝が言う。

「どれだけの秘密を俺が抱《かか》えていると思う？　一つや二つの秘密ぐらい墓まで持って行ってやる。この国に害にならないものならな」

軽い肯定《こうてい》に反して、薄青色の瞳《ひとみ》は笑っていない。

その瞳を見返して、怜優は静かな声で言った。

「信じますよ？」

煌帝を相手に口にするには、あまりにも不遜《ふそん》な台詞《せりふ》だという自覚はあった。言え、と命令されれば、たかだか流浪《るろう》の一市民が逆らう権利は持っていない。それでも敢《あ》えて、そう口にしたのは、なんとなく──これまでの相手の振《ふ》る舞《ま》いからして、その言葉が通じる相手だというのを感じ取っていたからだ。

怜優の言葉に気分を害した様子も無く、煌帝は一言だけ答えた。

「分かった」

それに目を閉じてから、怜優は溜息と共に「涙玉」の効果について語り始めた。

「――感情によって色が変わるか」

怜優の話を聞き終えて、そう呟《つぶや》いてから煌帝は椅子から少し体を起こして、足下《あしもと》に転がっていたらしい白い珠を一つ拾い上げる。

話してしまったことの罪悪感と、今まで一族の者以外に話したことの無い話をしたという虚《きょ》脱《だつ》感で、怜優の体は不思議な疲労感《ひろうかん》に苛《さいな》まれていた。相手の前で取り繕《つくろ》っているのも馬鹿馬鹿《ばかばか》しい気持ちになり、膝《ひざ》を突いて床に転がる「涙玉」を拾い集める。

「どうして、わざわざ拾う？」

「朝までこれが転がっていたら、僕が夜に泣いているのを紫桜さんが気付いてしまうでしょう。夜泣きなんて、子どもじゃあるまいし――」

恥《は》ずかしい、とまでは口にできなかった。そんな怜優の心情を察したらしい煌帝は相槌《あいづち》を打ちながら、問いを続ける。

「拾って集めたものはどうしている？　捨てたら、どちらにしろ紫桜にバレるだろう？」

「とりあえず、引き出しに仕舞《しま》っています」

要《い》りますか？　と、言いながら怜優はいつも通り無造作に拾い集めた「涙玉」を放り込んだ。引き出しの中には、既《すで》に数えるのが面倒になる量の「涙玉」がある。匿《かくま》って貰っていることへの礼ぐらいにはなるだろうと思って、怜優は何の気無しに煌帝に言う。

「良かったら――どうぞ」

引き出しがいっぱいになったら、どうしようかと考えあぐねていたところだ。貰っていってくれるのならば有り難《がた》い。それぐらいの軽い気持ちで開いた引き出しを示す怜優に対して、煌帝はすっと目を細めてから無言で椅子から立った。

灯《あか》りを受けて、白い粒《つぶ》が仄《ほの》かな橙色《だいだいいろ》を帯びて輝《かがや》いている。

それをのぞき込んでしばらく、煌帝は眉を寄せて唇を引き結んだ。沈黙の後、煌帝が口にしたのは怜優が予想もしていない言葉だった。

「お前は、こんなに泣いたのか？」

その質問に虚《きょ》を衝《つ》かれて、怜優は瞬きをして固まる。

薄青色の瞳が間近で怜優を見下ろして言った。

「こんなに泣くほど何が悲しい？　玉怜優」

――白は、悲しみの色だ。

それはたった今、怜優が説明した事である。しかし、まさか、そんな風に訊《き》かれるとは予想外で怜優は動揺《どうよう》した。

涙精族にとって、涙が珠《たま》に変わるというのは当たり前のことだ。それに色が付くのも当然で、誰《だれ》がどうして泣いているのか、その理由も日頃《ひごろ》からの密な付き合いですぐに知れる。一族にとっては「涙玉」もその色も、その人の感情を推《お》し量るための分かり易《やす》い手段と、少しばかりの薬の材料として以外の意味は無い。

けれど、それ以外の者にとっては——「涙玉」というのは途方《とほう》も無い価値を持つ宝石だ。

それがどんな意図で流された涙《なみだ》なのか、というのは誰も考えない。知ろうともしない。

そんなものだと思っていたから、煌帝が「涙玉」をきちんと涙だと——そう捉《とら》えていることの驚《おどろ》きの方が勝《まさ》って、怜優はしばらく言葉を発することが出来なかった。

怜優の様子に目を細めて、煌帝が言う。

「家族と引き剝《は》がされたのが辛《つら》いのか？　ここに留め置かれるのが嫌《いや》か？」

どれだ、と問われるのに瞬きをしてから、怜優は慌《あわ》てて首を振った。

「そうではなくて——」

「なら、どうして泣く？　何が悲しい？」

どこか苛立《いらだ》ったような煌帝の問いに、怜優は困惑《こんわく》した。まさか、そんな些事《さじ》を相手が知りたがるとは思いもしなかったからだ。一族の秘密自体を打ち明けてしまえば、怜優が抱えている感情なんて些細《ささい》なものだ。毎夜、涙をこぼす自分に対しての自嘲《じちょう》を交えて怜優は肩を竦《すく》めるように言った。

「悲しいのは——今の僕だと何も出来ないからです」

薄青色の瞳が怪訝《けげん》に細められる。

「家族と、家族以外の他《ほか》の人に対しても」

「──誰に対して？」

近くにいるのならば、いくらでも手を貸してやれる。身を挺《てい》して庇《かば》うことも、支えになることも出来る。けれど、自分の身を自由にするのにも人の手を借りなければならない今の状態では──怜優は何も出来来ない。

何も分からないということがこれほど辛いとは知らなかった。

今、相手が何をしているのか。笑っているのか、泣いているのか。楽しいのか、悲しいのか。そんな些細なことすら分からないほど、遠くに離《はな》れている今の自分の無力さが──辛い。

ただ胸に浮《う》かぶ思いを取り留めもなく語った怜優を見つめて、煌帝は掠《かす》れた声で言う。

「……そもそも、お前はどうして捕《つか》まった？」

「？　人買いに攫《さら》われたんです」

「どうして逃《に》げ切ることが出来なかった？　その時に怪我《けが》でもしていたのか？」

「いいえ？　真夜中に突然襲《とつぜんおそ》われて、弟と妹が怯《おび》えて動けなくなってしまって。両親には一人で逃げろと言われたんですけれど──」

そこで言葉を切ると、先を読んだように煌帝が言った。

「──自分から囮《おとり》になったのか？」

「はい、まぁ」

胸を張って言うことではないので、怜優は曖昧《あいまい》に頷《うなず》いた。

今頃、両親は怜優の身を死ぬほど案じていることだろう。弟も妹も寂《さみ》しがっているだろうし、一族の他の者たちだって心配してくれている筈《はず》だ。結果的に間違《まちが》っていたとは思わないが、それでも手段に瑕疵《かし》が一つも無かったかと言われると自信が無い。

「お前は――」

怜優の言葉に、煌帝が絶句した。

何度か口が開閉して、最終的にその口から長々とした溜息《ためいき》がこぼれた。

「――つくづく、長生き出来ない人間だな」

本当に、心の底から呆《あき》れたような口調で煌帝が言う。

そんなことを言われても、性分《しょうぶん》なのだから仕方がない。思っていると、薄青色《うすあお》の瞳が正面から物凄《ものすご》く強い視線を向けてくる。

「はい？」

睨《にら》んでいる、と言っても良いぐらいの視線の強さにたじろぐ。怜優の無礼さに対して怒《おこ》っている訳ではないだろう。それで怒るようだったら、最初に後宮で怜優を拾った時点で、怜優はなんらかの罰《ばつ》が下されている筈だ。そうなると、今の会話に相手が怒ったことになるのだが――どうして怒ったのかが理解出来ない。

煌帝が低い声で言った。

「家族だから、という理由でそこまで大切に出来るのはどうしてだ？」

「え？」

思いもかけない言葉に、怜優は瞬《まばた》きをした。

煌帝が口早に言う。

「弟だから妹だから親だから？　それで、自分の身を挺して守る理由になるのか？　お前は自分の身が可愛《かわい》くないのか？　どうして、そんなに当たり前の顔で自分を犠牲《ぎせい》に出来る？」

「は？」

矢継《やつ》ぎ早に問われて、困惑する。煌帝からの淡青色《たんせいしょく》の視線が刺《さ》すように鋭《するど》い。どうして、ここまで怒られるのか腑《ふ》に落ちない。思いながら、怜優は一つ瞬きをしてから言った。

「別に――家族だから、大切にしている訳ではなくて」

「それならなんだ？　見ず知らずの他人に対しても、同じことが出来るのか？　それは、とんだ博愛精神だな」

皮肉を吐《は》き捨てるように言われて、怜優はむっとしながら言い返した。

「そんな訳無いでしょう。ただ――」

そう、ただ。

何の他意も無い。

煌帝の方はどうか知らないが怜優の行動理由なんて、いつだって単純で簡単なものだ。

「家族が――好きで大事な人たちだから、大切にしているだけです」

全く想定外の時に、見ず知らずの人たちと共に事故に遭《あ》ったというのなら――怜優だって違う行動をしただろう。しかし、怜優は生まれながらに涙精族で、物心ついた頃《ころ》からその自覚はあった。弟や妹が生まれて、兄になるごとに、もしもの時のことを自然と考えるようになった。どうすれば、この愛《いと》しい人たちを守れるか。そう日頃から無意識に考えていた結果だ。ある意味、答えが決まった問題だった。

だから、あまり迷うことなく行動出来た。

「嫌《きら》いな人なら、さすがに僕だって助けません」

言い切れば、煌帝がどこか疑わしい目で怜優を見る。

「——それが家族でも？」

「どうでしょう。その時は、その時で考えますけど——家族だから絶対に好き合える訳じゃないでしょう？」

涙精族は少数だ。だから身を寄せ合って流浪《るろう》の生活を続けているが、そうやって助け合って暮らしているからこそ、性格上の軋轢《あつれき》も当然浮かび上がってくる。特に血縁《けつえん》というのは不思議なもので、血が繋《つな》がっていても性格がどうしても合わないことや、なんとなく馬が合わないということが自然と起こる。それらを一々、無理に好き合うようにしようとしても歪《ゆが》みを生むだけだ。最低限に家族という共同体の義務を果たして、お互《たが》いが妥協《だきょう》し合うより他は無い。涙精族という常に追われる立場が、どこか非情にも聞こえる実用的な考え方を生み出したのだろう。少なくとも、怜優が見る限り一族の者たちは他人という者に対してそういう態度で接していたと思う。

たまたま、怜優は好きになれる人たちが家族で、その人たちに囲まれて育ち、その人たちを大切にしたいと思えた。

それも、また一つの幸運で——恵《めぐ》まれたことなのだと思う。

「嫌いなものを無理に好きになろうとしたって——楽しくないじゃないですか。そんなのお互いに疲《つか》れるだけなんですから、好きで大事なものを大切にした方が良《い》いんじゃないですか？」

喜怒哀楽《きどあいらく》の「楽」は、たやすいという意味の楽ではなく、たのしいという方の意味だ。明るく満ち足りた気持ち。明日《あした》がどうなるのか分からないのだから、それを抱《かか》えて毎日を送った方が——ずっと良い。

怜優なりの言い分を述べて、口を閉じた。

煌帝は呆然《ぼうぜん》と怜優を見つめていたが、不意に顔を歪めた。

まるでどこかが痛むような顔をして、煌帝が呟《つぶや》く。

「俺は——お前みたいな者が、この世で一番怖《こわ》い」

「え？」

予想外の言葉に瞬きをすると、苦い口調で煌帝が続けた。

「優《やさ》しさは時には凶器《きょうき》になるのを知っておけ」

それは怜優ではない、他の誰《だれ》かに向けられた言葉のように思えた。不思議に思って煌帝を見る怜優の内心を見透《みす》かしているだろうに、煌帝はそれ以上言葉を続けることは無かった。

そのまま手に持っていた白い「涙玉」を引き出しに放《ほう》り込んで、それを閉じると煌帝が淡々《たんたん》とした調子で言う。

「この引き出しの中身を誰《だれ》にも知られないように気を付けろ。こんなに『涙玉』があれば、目の色を変える人間にここは事欠かないからな。泣いていることを知られるのは不本意だろうが、紫桜にも言っておけ。自衛のためだ。紫桜が知らないと、何か起こった時に対処も出来ないだろう」

「あ、はい——」

その発想は確かに無かった。素直《すなお》に頷く怜優に、煌帝がぽつりと言う。

「また来る」

「え？」

——なぜ？

最初の訪問は緊急避難《きんきゅうひなん》で、今回の訪問は鎮静剤《ちんせいざい》の正体を追及《ついきゅう》するためだ。

——また来る理由は、なんだ？

きょとんと煌帝を見上げる怜優を見下ろして、煌帝が少しだけ笑う。

感情を覆《おお》い隠《かく》す笑顔《えがお》。相変わらず目だけが笑っていない煌帝の顔が、怜優は苦手だと思う。

「——お前みたいなのは何をしでかすか予想が出来ない。俺が保護している間に死なれたら寝《ね》覚《ざ》めが悪い。生存確認《かくにん》だ」

「はぁ……」

また失礼なことを言われたような気がする。怜優は別に、そこまで突飛《とっぴ》な行動を取っているつもりは無いのだが。そんなことを思っていると、煌帝がくしゃりと怜優の頭を撫《な》でた。

「また来る」

もう一度、その言葉を繰《く》り返して煌帝が部屋を出て行く。

一人になった部屋の中。

思いも寄らない会話ですっかり頭が冴《さ》えてしまった。怜優は溜息を吐いて寝台《しんだい》に腰《こし》を下ろす。灯《あか》りを吹《ふ》き消して寝台に仰向《あおむ》けに倒《たお》れると、怜優は呟いた。

「――もっと、怒れば良いのに」

張り付けたような笑顔の仮面より、剝《む》き出しの怒《いか》りや何かの痛みを堪《こら》える表情の方がよっぽど自然で好感が持てる。怜優に好感を持たれたところで、煌帝は何も思わないだろうけれど。

薄青色の瞳《ひとみ》を思い出しながら、寝返《ねがえ》りを打つと拾い損ねた涙玉《るいぎょく》が手に当たる。それを指で摘《つ》まんで持ち上げながら、思い出したのは煌帝の言葉だった。

――お前は、こんなに泣いたのか？

ただの事実確認。

けれど、あの「涙玉」を見て、そう訊《き》いてくれた事実が――嬉《うれ》しい。

それに思い至ってくれる人が煌帝で良かったと、そう思う。

ふっ、と息を吐いて怜優は目を閉じる。

今日は良い日だった。だから、きっと明日も良い日になっているだろう。そんなことを思いながら、怜優はすとんと眠《ねむ》りに落ちた。

＊＊＊＊

「本日、皇帝陛下《こうてい》がお立ち寄りになります」

紫桜が怜優の髪《かみ》を整えながら言うのに、きょとんと瞬きをして怜優は鏡越《ご》しに紫桜を見る。

「今日も、ですか？」

思わず口からこぼれた言葉に、紫桜が苦笑《くしょう》と共に頷《うなず》いた。

「ええ、今日も――」

後宮への渡《わた》りには、いくつか種類がある。もっとも世に知られているのは、子作りのための閨《ねや》への渡りだ。その他《ほか》に、昼に訪《おとず》れて催《もよお》しを楽しむための渡りもあれば、姫《ひめ》たちとの交友を深めるためのものもある。

最低限、夜の渡りでしか後宮に足を運ばなかった煌帝が、不意に昼の渡りを行うようになった。しかも、訪問先は「内宮《ないくう》」の姫たちではなく、「外宮《げくう》」にいる姫たちである。

煌帝の訪問がある姫は、あらかじめ金烏城から報《しら》せが届き、迎《むか》える準備をする。いつも顔触《かおぶ》れは一定ではない。十数名の姫君たちに知らせが届くこともあれば五、六名の姫君たちのところを訪れるなど、その目的も趣旨《しゅし》も判然としない。けれども、その中に実にさり気なく怜優の名前が交ぜ込まれていた。朝には予定が無かったのに、昔馴染《むかしなじ》みの女官《にょかん》――紫桜を見かけて、という理由で不意に訪ねて来たりもする。

今日は訪問予定の中の最後に怜優の名が刻まれていた。

日中に煌帝の顔を見るのは、これで五度目になる。

正直、昼間の煌帝の顔は作り笑いが馴染みすぎていて――怜優は、あまり好きでは無い。張り付けたような笑顔。顔が疲れないのだろうか、と考えても仕様のないことばかりが頭に浮《う》かぶ。怜優の視線に気付いたらしく、椅子《いす》で寛《くつろ》ぐ煌帝が言った。

「どうした？」

――作り笑顔は疲れませんか。

そんな問いをまさか口にする訳にもいかず「生存確認だ」と部屋を訪れた途端《とたん》に言った煌帝の言葉を思い出して怜優は言った。

「僕は――そんなに死にそうですか？」

意図せずに拗《す》ねたような口調になった。しかし、自分がそこまで迂闊《うかつ》に思われているというのは――なんとなく良い気がしない。匿《かくま》われている身なのだから、弁《わきま》えて分別のある行動ぐらいは取れる。あからさまに増えた昼の渡りに言及しながら問えば、煌帝は怜優を眺《なが》めてから小さく笑った。少しだけ笑顔の仮面が剝《は》がれて、自然な笑みがこぼれる。

「まぁ、そうだな」

「――」

返答に不満げな視線を向ければ、煌帝は続けて言う。

「金糸雀《かなりあ》という鳥を知っているか、玉怜優？」

「――？」

唐突《とうとつ》な問いに、首を傾《かし》げながら怜優は記憶《きおく》を探《さぐ》る。西の者たちが好んで飼育する鑑賞用《かんしょう》の鳥だった気がする。優美な曲線を描《えが》く鳥籠《とりかご》の中。軽《かろ》やかな声でさえずる、鮮《あざ》やかな黄色の小鳥。

その姿を頭に思い浮かべながら頷く怜優に、肘掛《ひじか》けに腕《うで》を預けて煌帝が言った。

「お前は――アレに似ている」

「は――？」

いつだったか――どこかで見かけた、鳥籠の中にいた小鳥。

それに似ていると言われても、怜優にはぴんと来ない。そもそも、金糸雀に似ているからなんだというのか。納得《なっとく》がいかない顔の怜優に、煌帝は滑《なめ》らかに説明を続ける。

「金糸雀は、元は野生の鳥だ。あの色合いが美しいから、人が好んで飼うようになった。南の方に行けば、まだ野生の種が多く生きている」

「はぁ……」

「人に飼育されるように育てられた金糸雀は、鳥籠の中でも平気で生きていけるが――野生の金糸雀は鳥籠に閉じこめると、すぐに死ぬ。人に飼育されている金糸雀は逆だ。野に放しても自分の手で餌《えさ》を獲《と》ったことが無いから、これもまたすぐに死ぬらしい」

「へぇ……」

そこまではさすがに知らなかった。

　怜優が鳥と言われて思い浮かべるのは、季節ごとに空を渡る鳥や、素朴《そぼく》なさえずりで朝を告げるような野鳥たちだ。籠の鳥には、あまり縁《えん》が無い。そんなことを思っていると、煌帝の薄《うす》青色《あお》の瞳が怜優に向けられた。視線が合うと煌帝が口を開く。

「お前は、どう考えても野生の金糸雀だろう？」

「は？」

「こんな窮屈《きゅうくつ》な鳥籠、お前には本来不要だろう。──本意では無いが閉じこめている側という自覚はあるからな。体調ぐらい気にかける。野生の鳥を拾ったら、野に返すまで面倒《めんどう》を見るのが筋だろう？」

「はぁ──」

　分かるような、分からないような理屈《りくつ》だ。

　確かに、怜優を喩《たと》えるのなら室内飼いの鳥は無い。しかし、元を辿《たど》れば半年も狭《せま》い部屋の中で「飼われて」いたのだから──今の境遇《きょうぐう》は居心地《いごこち》が良すぎるぐらいだ。だから、心配されるほどのことも無い。

　そう口を開こうとするよりも先に、煌帝が肩《かた》を竦《すく》めるようにして言った。

「──それに『外宮』を訪れるのは、当てつけの意味もあるから気にするな」

「当てつけ？」

　誰に対して、と訊くよりも先に煌帝が言った。

「それより、玉怜優」

「はい？」

「ここ最近の曙陽での『涙玉』の取引状況《じょうきょう》について部下に検《あらた》めさせた」

何でもない口調で語られた内容に、怜優は体を強《こわ》ばらせる。

「三代皇帝が出した令を、改めて発布したついでだ。『涙玉』を好むような富裕《ふゆう》層が多いのは曙陽の都だからな。それなりに流通経路も定まっている。改めて調べさせたところ、入手経路不明な『涙玉』の売買は見られなかったそうだ」

煌帝の言葉を聞いた途端に、ほっと怜優の肩から力が抜《ぬ》けた。

そんな怜優の様子を見ながら、煌帝が淡々《たんたん》と言う。

「完全に調べ切れたとは言えない。ただ、『涙玉』は稀少《きしょう》なものだ。それに金を払《はら》う酔狂《すいきょう》な金持ちは限られている。売買目的でなく、『涙玉』を収集することだけを目的に監禁《かんきん》されていたら、さすがに居場所を探しようも無いが、今のところは市場に怪《あや》しい動きは見られない。それらを検めさせたことも公《おおやけ》になっている。あからさまに監視《かんし》が入っている状況で、令に背《そむ》いてまで『涙玉』を手に入れようという馬鹿《ばか》はいないだろう。しばらくの間だろうが」

「そう、ですか――」

煌帝が言う通り、「涙玉」を欲しがるような富裕層は曙陽に集中していた。富む者が出てくれば、その者たちに搾取《さくしゅ》される貧しい者たちが出てくるのは、どうしようも無い世の理《ことわり》である。

その中で、涙精族はどうしようも無く搾取される側だった。

捕《つか》まった者たちが、どんな扱《あつか》いを受けるのかは聞いている。ありとあらゆる方法で「涙玉」

を搾《しぼ》り取られて、遂《つい》に涙《なみだ》が涸《か》れると、塵《ちり》のように捨てられたり奴隷《どれい》に落とされる。大陸を移動する一族に情報が入れば、その者を助けるためにありとあらゆる手段が取られる。けれど、そうして再び一族と合流出来る者は稀《まれ》だ。怜優の父も母も、その稀な例に入る者たちだった。

人買いを生業《なりわい》にしている者たちが手元に入った「涙玉」を、ずっと手元においておくとは考えにくい。素性《すじよう》を隠《かく》して大陸中を移動する涙精族を捕まえるのは至難の業《わざ》だ。普通《ふつう》は、かけた手間を取り返すために手に入れた「涙玉」をすぐに売り捌《さば》いていく。

そんな話が聞こえて来ない、ということは――きっと一族の者たちは無事なのだろう。

ほっ、と溜息《ためいき》を吐《つ》いてから怜優は知らずに微笑《ほほえ》みながら言った。

「――良かった」

そんな怜優の様子を、煌帝の薄青色の瞳《ひとみ》がじっと見つめている。

それに気づかずに怜優は顔を上げると、煌帝に向けて礼を言った。

「教えてくれて、ありがとうございます」

怜優の顔を、どこか眩《まぶ》しそうに見つめながら静かに言った。

「――これで、夜は眠れるか？」

「え？」

きょとんと瞬《まばた》きをする怜優の顔を見ないまま、煌帝が立ち上がる。

「いつまでも夜泣きをされていると思うと、俺も夢見が悪いからな」

「――」

怜優は居心地の悪い顔をした。

確かに、未《いま》だに夜中に泣きながら目を覚ますことは多い。

煌帝の助言に従い紫桜に引き出しに入った「涙玉」を見せれば、鍵《かぎ》も付いていない引き出しに無造作に「涙玉」を入れておくのはあまりにも物騒《ぶっそう》だと言われて、頑丈《がんじょう》な鍵の付いた箱を渡《わた》されていた。現在、それは怜優の寝台《しんだい》の下に押し込まれている。その箱も、そろそろ一杯《いっぱい》になりそうだ。

「もう泣いていないのか？」

「……少しだけ」

「あまり泣くなよ。部屋を『涙玉』で埋《う》め尽《つ》くす気か？」

片眉《まゆ》を上げながら問われて、怜優はもっともな指摘《してき》に口を噤《つぐ》む。一族の中にいれば、薬として消費されていく「涙玉」も、部屋の中に一人でいる状況では使い道がない。正に宝の持ち腐《ぐさ》れだ。思いながら、以前も煌帝にしたものの流された提案を怜優は口にする。

「僕の『涙玉』は匿ってくれたお礼に差し上げます。紫桜さんにも渡して下さい」

怜優にとっては所詮《しょせん》、涙の残滓《ざんし》だが——他《ほか》の者にとっては宝石だ。持っていて損は無いだろう。そんな風に言う怜優に、すいと目を細めて煌帝が言った。

「——白色か？」

「ええ、まぁ」

それしか手持ちが無い。怜優の言葉に、煌帝が呟《つぶや》く。

「お前から、どうせ貰《もら》うのなら——白色よりも黄色か緑色が良いな」

「え？」

予想外の注文に、怜優は瞬きをした。

白は、悲しみの色。黄色は喜び。緑色は楽しみ。

それらは涙精族として生きて来た怜優ですら、滅多《めった》に見たことが無い色だ。弟や妹が生まれた時に、父や母が流していた涙の色がそれだった記憶はある。果たして、喜びや楽しみで涙を流すことが——人生で、どれぐらいあるだろうか。ここで、そんな色の涙を流すことが——あるだろうか。

何より、白と黒以外の「涙玉」の存在を認めていない市場で、黄色や緑色の「涙玉」など価値を持たないのではないだろうか。

そんなことを考える怜優の顔を見つめて、ふっと笑って煌帝が視線を外す。

「冗談《じょうだん》だ」

その言葉と共に煌帝が言う。

「どうしても持て余すというのなら、その内に俺の私財から買い取らせて貰う。逃《に》げ出したところで無一文では仕方がないからな。買い取りなら、お前も納得して金を貰い易《やす》いだろう？」

「良いんですか？」

「ああ」

あっさりと頷《うなず》く相手に、怜優は思わず言う。

「どうして――」

もう部屋を辞すところだったのだろう。

背を向けようとしたらしい煌帝が振《ふ》り返るのに、怜優は率直《そっちょく》に訊《たず》ねた。

「どうして、こんなに親切に？」

最初に怜優を拾った時に「暇《ひま》つぶし」と称《しょう》していたが、これらはどう考えても「暇つぶし」の域を越《こ》えている。怜優一人を後宮から、こっそりと逃がすぐらいは暇つぶしになるかも知れないが、改めて令を発布し、人を使って「涙玉」の売買の流れを探《さぐ》るのは明らかにそこから逸《いっ》脱《だつ》している。怜優の困惑《こんわく》を見透《みす》かしたのだろう。煌帝が肩を竦めるようにして言った。

「お前を拾ったのは確かに暇つぶしだ。令を改めて出したのは国を治める者の務めで、『涙玉』の売買について探ったのは令がどれぐらい守られているのかの指標に必要だったからだ。

それに――」

そこで、ふと煌帝が言葉を区切る。

怜優は途切《とぎ》れた言葉を繰《く》り返す。

「それに？」

薄青色の瞳が、すっと細められる。

「お前みたいな長生き出来ない類《たぐい》の人間は貴重だ。――嫌《きら》いじゃない」

「はぁ――？」

思いも寄らない返答に、怜優の口から妙《みょう》な声がこぼれる。それに肩を揺《ゆ》らして煌帝が笑った。

はぐらかされた、と気が付いた時には既《すで》に煌帝は扉《とびら》に手をかけている。

そのまま少しだけ室内を振り返って、煌帝は告げた。

「また来るぞ、玉怜優」

するりと室内から姿を消した煌帝に、怜優は思わず溜息を吐いた。

＊＊＊＊

当代の煌帝は、巷《ちまた》で言われるように派手好きな道楽者では無い。

それは何度か言葉を交《か》わしただけで、怜優には容易に知れた。

むしろ明敏《めいびん》で賢明《けんめい》だとすら思う。

涙精族と聞けば一般《いっぱん》的には「涙玉」を生み出す生き物ぐらいにしか思われていないのに、きちんと怜優を人として扱い――気遣《きづか》ってくれている。それをどうして皮肉な態度や物言いで打ち消して、無かったことにしてしまおうとするのか。恐《おそ》らく、自分の態度がどう曲解されて下々に伝わるかも分かっているだろうに――偽悪《ぎあく》的な振る舞《ま》いで善行を打ち消そうとする様子が、なんだか腑《ふ》に落ちない。自分で自分を貶《おとし》めるような振る舞いは、自分で自分を傷つけているようなものだと思う。だから、見たくない。

煌帝ともあろう人が、そうやって自分を偽《いつわ》らざるを得ない事情とは――なんだろう。

いつも通り女の装いをして、その仕上げとして紫桜に髪《かみ》を結《ゆ》い上げて貰うために鏡台の前に座りながら、怜優は取り留めもなくそんなことを考えていた。

支度《したく》が整えば朝餉《あさげ》で、その後は特に何をするという決まりは無い。「外宮《げくう》」にいる姫《ひめ》たちの多くは、後宮で開かれている礼儀《れいぎ》作法の授業に参加をしているらしいが、本物の姫ではない怜優には縁《えん》のない話である。紫桜と他愛《たわい》の無い言葉を交わしながら、最近の都の流行《はやり》などに耳を傾《かたむ》けるぐらいがせいぜいだ。そんな風に続く筈《はず》だった一日が様相を変えたのは、髪を結い上げた紫桜が後かたづけをしていた時に、部屋の扉を叩《たた》く音が聞こえてからだった。

怜優も紫桜も怪訝《けげん》な顔をした。

辺境の姫として扱《あつか》われている怜優と積極的に交遊を持とうとする者は皆無《かいむ》である。閉じた後宮の中で、更《さら》に閉じた者たちとしか会っていない。それだというのに、朝餉を前にしての誰《だれ》かの訪問は予想外でしかなかった。

紫桜が出て、扉の外にいたらしい女官と言葉を交わす。

その声が途切れて、相手が去っていく気配がする。

振り返った紫桜の顔を見て、怜優はぎょっとして声を上げた。

「紫桜さん？　どうしたんですか？」

いつもは落ち着いている年嵩《としかさ》の女官の顔は、硬《かた》く強《こわ》ばって青ざめていた。思わず椅子を勧《すす》める怜優に首を振りながら、紫桜が掠《かす》れた声で言う。

「紅華后様が――」

「え？」

「紅華后様が――怜優様を、お呼びだと」

「は？」

前皇帝《こうてい》の后《きさき》にして、現在の後宮を実質的に支配している人。

そんな相手が――どうして怜優などに声をかけるのか。まさか男だということがバレたのか。

それとも自分が「内宮《ないくう》」の姫が飼っていた「愛玩動物《あいがん》」だということが知られてしまったのか。

そんなことを考える怜優に対して、紫桜の心配は別のところにあるようだった。

「怜優様――」

真っ青な顔のまま、紫桜が怜優の手を取って握《にぎ》る。あまりにも尋常《じんじょう》で無い女官《にょかん》の様子に、怜優が口を開くよりも先に、強ばった声で紫桜が告げた。

「怜優様、どうかわたくしの言うことを聞いて下さい――」

「なん、ですか？」

心配されずとも後宮の作法についてからきしな怜優は、紫桜に頼《たよ》るしか方法が無い。紅華后の前に立つということは、それなりの作法が求められるだろう。それが果たして間に合うだろうかと心配になるが――この様子からして、そういうことではないらしい。

「紅華后様から――あの方から何を勧められても、決して口にしてはいけません」

「え？」

「お願いします、怜優様」

約束をして下さい、と言い募《つの》る女官のただならぬ様子に、怜優は驚《おどろ》きながらもただ頷くしか無かった。

かつて傾国《けいこく》の美女と呼ばれた紅華后は、たっぷりと香《こう》を焚《た》きしめた部屋の中で、豪奢《ごうしゃ》な装いをして怜優を待ちかまえていた。その姿を見て怜優が絶句したのは、五十代半ばという割りに若々しく見える見た目に驚嘆《きょうたん》したからでも、装いの豪華《ごうか》さに圧倒《あっとう》されたからでも無い。

あまりにも――おぞましかったからだ。

紅華后を飾《かざ》りたてる宝石は、髪飾り、耳飾り、首飾り、指輪その全《すべ》てに――白い「涙玉《るいぎょく》」が大量に使われていた。

泣け、泣け、泣け。

自分を「飼っていた」姫が、どうしてあそこまで躍起《やっき》になって「涙玉」を手に入れようとしていたのか――その理由を目《ま》の当たりにする。

目の前の人が欲しいと望んでいたから。

ただ、それだけだ。ただ、それだけで一族は襲《おそ》われて、怜優は家族の下《もと》から引き剝《は》がされたのか。そう思うと、怒《いか》りよりも先に――恐ろしさの方が先に立った。

あれらが誰かの流した涙で出来ていると、分かっているのだろうか。その白い珠《たま》一つ一つに、どんな感情が込められているのか想像が付かないのだろうか。

果たして――人が人にすることか。

そんなことを思う。立ち尽《つ》くしたままの怜優を、紅華后は辺境の小娘《こむすめ》が圧倒されて萎縮《いしゅく》していると取ったらしい。たっぷりと優越感《ゆうえつ》を含《ふく》んだ息を吐《は》いて、近くに侍《はべ》る女官に目配せをする。

その目配せが何人かに伝播《でんぱ》し、一番身分が下であろう女官が進み出て怜優に声をかけた。

その言葉にハッとして礼の姿勢を取りながら、怜優が思い出したのは——女官の紫桜が繰り返し怜優に告げた言葉である。


紅華后様が出されたものは、何一つ口にしてはいけません。


男と気付かれないように、普段《ふだん》より念入りに怜優に化粧《けしょう》をしながら、紫桜はひたすらにその言葉を繰り返していた。心配せずとも、この光景を見た後では——何も喉《のど》を通りそうにない。

そんなことを思いながら怜優は紅華后が口を開くまで、ひたすらに礼の姿勢を取って待った。

長い沈黙《ちんもく》の時だけが続く。

紅華后は上から下まで舐《な》めるように怜優を見た後、急な呼びつけに対する謝罪も、足を運ばせたことへの労《いたわ》りもなく、突然《とつぜん》に言った。

「其方《そなた》、主上と如何様《いかよう》な関係じゃ」

刺々《とげとげ》しい口調で放たれた問いに、怜優は目を瞬《またた》かせる。

如何様な関係、と訊《き》かれたところで答えに困る。

強《し》いて言うなら——保護者と被《ひ》保護者か。迷い鳥と拾い主というのが一番しっくり来る気がする。それを正直に口に出来る訳もなく、沈黙していると目尻《めじり》を吊《つ》り上げた紅華后が言う。

「其方、未通娘じゃろうな？」

「は——？」

紅華后の声に、刺々しさが一段と増した。

生々しい単語に怜優は一瞬《いっしゅん》、言葉を失う。未通娘か、と訊かれれば、そもそも怜優は男だから否《いな》というしか無い。しかし、性行為《せいこうい》自体の経験は無いし、その相手が煌帝など——以《もっ》ての外である。怜優の沈黙を悪い方に受け取ったらしく、紅華后が甲高《かんだか》い声を上げた。

「其方、閨《ねや》の作法も守らずに、わたくしの許しも無く、主上の御身《おんみ》に触《ふ》れたのでは無かろうな！」

迸《ほとばし》る言葉は激情にまみれている。

つまるところ怜優と煌帝の関係を、紅華后は疑っているらしい。白粉《おしろい》を塗《ぬ》りたくっているのに、その下にある肌《はだ》が赤らんでいるのが分かる。それほど相手は怒りに燃えている。

その様子を見ながら、怜優は違和感《いわかん》を覚える。

——何か妙《みょう》だ。

この人は、どうしてこんなに憤《いきどお》っているのだろう。

後宮において、閨には細かな決め事があるのは聞いている。その作法を破るのは確かに褒《ほ》められたものではない。しかし、そもそも紅華后が選定した姫ばかりが煌帝の閨に侍ることが出来るというのもおかしな話では無いだろうか。

ここは——後宮は、元を正せば煌帝の寝所《しんじょ》である。

相手を誰に選ぶのかは、煌帝の自由なのではないだろうか。それに激昂《げきこう》する紅華后の様子を見ていると、ただ単に決まり事が守られなかったという以上の憤りを感じた。人の持つ暗い感情の中で、激しいもの。怜優の頭に浮《う》かんだのは、予想外のものだった。

これは、まさか——嫉妬《しっと》か？

——義理の息子《むすこ》の閨の相手に、紅華后が嫉妬を？

なぜ？

黙《だま》っている怜優に業《ごう》を煮《に》やしてか、紅華后が控《ひか》える女官に向けて言う。

「其方達、其処《そこ》にいる者の体を検《あらた》めよ。身の程《ほど》知らずに主上の情けを請《う》ける牝《めす》に服など不要。部屋にそのまま帰しておやり」

「は——？」

あまりに理《り》不尽《ふじん》な命令に怜優は硬直《こうちょく》した。煌帝との関係を否定も肯定《こうてい》もしていない。それだと言うのに、人を裸《はだか》にして、そのまま部屋に帰そうというのか。紅華后の勝手な思いこみで、ただの疑《ぎ》惑《わく》だというのに、そんな辱《はずかし》めを受ける謂《い》われは無い。

何より——服を脱《ぬ》がされたら、怜優が男だということがバレてしまう。

弁明に口を開くよりも先に、紅華后の言葉に従った女官たちが一斉《いっせい》に怜優に向かって来た。思わず後退する怜優が見たのは、そんな怜優を見つめて笑う——紅華后の赤い唇《くちびる》だった。

おぞましい。

背筋が凍《こお》る。逃《に》げようと身を翻《ひるがえ》したところ、服の裾《すそ》を女官に摑《つか》まれてたたらを踏《ふ》む。床《ゆか》に転

がった怜優の服を、群がった女官たちが感情のこもらない手付きで淡々《たんたん》と剝がそうとする。もがく怜優を嘲笑《ちょうしょう》する声が響《ひび》く。

それを打ち消したのは——銅鑼《どら》の音だった。

怜優の服を脱がそうとしていた女官たちの手が止まる。

そして、紅華后の表情の変わりようは劇的だった。

「主上がいらっしゃる？」

呟《つぶや》いたのと同時に、部屋の外から女官が駆《か》け込んできて耳打ちをする。先ほどまで憤怒《ふんぬ》で赤くなっていた紅華后の顔が、今度は喜びで鮮《あざ》やかな朱色《しゅいろ》に染まっていた。

「主上が此方《こちら》へ？　ああ、其方達、其の娘は今日の処《ところ》はお返し——早く化粧を直さねば。衣服も替《か》えねばならぬ——早く」

まるで恋人《こいびと》に会う少女のように、女官たちを急《せ》かしながら紅華后が椅子《いす》を立つ。怜優を押さえつけていた女官たちがわらわらと退《ど》くと、怜優は立ち上がって礼も取らずに脱兎《だっと》の如《ごと》く部屋から飛び出した。

それを咎《とが》める者すらいない。

気持ちが、悪い。

なんだ、ここは。

なんなのだ、ここは。

乱れた服を押さえながら紅華后の部屋を出ると、回廊《かいろう》に控えていたらしい紫桜が怜優の姿を見つけて駆け寄ってきた。

「怜優様！」

飛びつくように怜優の体を支える紫桜に、何かを言おうとしたところで言葉が出て来ない。せっかく綺麗《きれい》に結《ゆ》い上げた髪《かみ》を乱してしまって申し訳ないと思う。

そんな怜優たちの前を、別の女官《にょかん》が通る。

「お控えなさい」

怜優の尋常《じんじょう》ではない様子を見ても、どうしたのか訊《たず》ねるでも無く、ただ礼を取るように促《うなが》す女官には、まるで人の血が通っていないようだった。

なんなのだ、ここは。

半年の間に、妙なところだと思っていたが——ここが、これほど奇妙《きみょう》で恐《おそ》ろしいところだとは今まで思いもしなかった。

紫桜に体を引かれて礼を取れば、その前を煌帝が行き過ぎる。

先ほどの銅鑼は、この男の来訪を告げるもので間違《まちが》いなかったらしい。

おぞましい、という感情で総毛立っていて怜優は何の言葉も浮かばない。煌帝も部屋を訪ねてきた時のような気安さはなく、まるで怜優のことなど気にしていないような顔をしていた。

けれども、ちらりと薄青色《うすあおいろ》の瞳《ひとみ》が、怜優の姿を一瞥《いちべつ》した。

その瞳が一瞬だけ、痛ましいものを見るように歪《ゆが》んだ気がしたが——それはいつもの笑顔《えがお》の仮面の下にすぐに閉じこめられてしまった。そのまま一言も怜優に声をかけることなく、煌帝は素通《すどお》りして紅華后の部屋へと向かっていく。

「ご機嫌《きげん》はいかがですか、紅華后様」

軽薄《けいはく》な声で煌帝が言って、その背中が部屋の中に吸い込まれていく。

先ほど怜優を詰《なじ》っていたのとはまるで異なる、甲高い甘えたような紅華后の声が部屋の外まで聞こえてきた。

それを聞いた途端《とたん》に、怜優の足から力が抜《ぬ》けた。

「怜優様？　大丈夫《だいじょうぶ》ですか？　立てますか？」

頻《しき》りに心配する紫桜の声を聞きながら、怜優は自分の手が冷たくなっているのを感じる。

──なんて、ここは。

おぞましく、怖《こわ》いところなのだろう。

煌帝が被《かぶ》る仮面の意味が、怜優は少しだけ理解出来た気がした。

第三章

怜優が紅華后に呼びつけられてから煌帝が昼に後宮に渡《わた》ることは無くなった。

怜優は真夜中に泣きながら目を覚ますことは無くなったが、その代わりに眠《ねむ》りが格段に浅くなった。それは深夜の客を無意識に待っていたからだ。

微《かす》かな物音で目を覚まして寝台《しんだい》から起き上がったのは、怜優が紅華后に呼ばれてから十日経《た》った夜のことである。

怜優の部屋に入って来たのは、色濃《いろこ》く疲労《ひろう》を浮かべた煌帝だった。

手元の燭台《しょくだい》の灯《あか》りで、怜優が起きていることを見て取った煌帝は微かに笑って言った。

「当てつけが過ぎた。一応、外交上の必要性を盾《たて》にしていたし、『外宮《げくう》』の姫《ひめ》たちを無作為《むさくい》に選んでいたが――。お前のことを探《さぐ》り出して呼びつけるとは思わなかった。悪かった」

自分の非を認めて淡々と紡《つむ》がれる謝罪に、怜優はただ首を振《ふ》った。

言葉が出てこない。

そんな怜優の様子を見つめて、煌帝が怜優に訊く。

「紫桜に聞いたか？」

言葉足らずな問いかけ。それに怜優は黙って頷《うなず》いた。

今日も忍《しの》んできたのだろう。煌帝が訪《おとず》れたことを知らせる銅鑼は鳴っていない。皮肉と疲労が混じり合った顔で笑った煌帝は、椅子に腰掛《こしか》けて灯りを卓《たく》の上に置くと言った。

「——二ヶ月後に望月《もちづき》の宴《うたげ》がある。後宮で年に一度だけ、外から人の出入りがある時だ。手筈《てはず》はこちらで整えるから、お前はその日にここから出て行くと良い」

選《え》りすぐりの曙陽の商人たちが後宮内で市を開き、評判の役者や舞踏家《ぶとうか》が芸を披露《ひろう》する。建て前上、身分の上下は無くなり、普段《ふだん》は建物の中に押し込まれている女たちが自由に後宮内を闊歩《かっぽ》する華やかな祭りだそうだ。

昔は一年に一度、子を生《な》す気配の無い后《きさき》たちを国に帰すための儀式《ぎしき》が行われる日だったらしい。暇《ひま》を出された后たちの啜《すす》り泣きが響き、次の儀式で後宮から追い出されるのは自分かも知れないと後宮の姫君たちが、恐怖《きょうふ》に震《ふる》えたそうだ。そんな陰鬱《いんうつ》な雰囲気《ふんいき》を嫌《きら》った三代皇帝《こうてい》が、市井《しせい》の商人たちを招き入れて、表面上は華やかな宴に仕立て上げたのがその日らしい。

実際、宴の裏側では一年間で成果の振るわなかった女官が暇を出され、皇后候補とは名ばかりの「外宮《げくう》」にいる姫たちの多くが、この祭りを最後に後宮を去るそうだ。

宴からしばらくは、後宮の内部は閑散《かんさん》とするらしい。

今年も「外宮」の姫たちの多くが、宴を機に故郷へ帰るので、怜優もそれに紛《まぎ》れろというのが煌帝の話だった。

耳にした響きは華やかなのに、内情は随分《ずいぶん》と厳しく寂《さび》しい。まるで後宮の内情を凝縮《ぎょうしゅく》したような行事だと怜優は思った。

——二ヶ月経てば、ここから出て行ける。

それに対する喜びよりも気がかりなことがあって、怜優は言った。

「貴方《あなた》は——大丈夫ですか？」

何の捻《ひね》りも無い、ただの質問。怜優からの問いに、煌帝は薄青色の瞳を細めた。

「——どうだろうな」

呟いた煌帝が、怜優の目を見つめて言う。

「玉怜優」

「はい」

「俺は『涙玉《るいぎょく》』のことを墓まで秘密にしておくと、そう約束したな？」

「？　はい」

どうして、その話が持ち出されるのか。分からないまま頷けば、煌帝が言った。

「それなら、俺が今からお前にする話をお前も墓まで秘密にしておいてくれるな？」

問いの形を取っているものの、有無《うむ》を言わさぬ口調だった。それに怜優が頷くのを見届けると、煌帝は自嘲《じちょう》の笑みを浮《う》かべて言う。

「俺は一度も女を抱《だ》いたことが無い」

「——」

怜優は沈黙《ちんもく》した。世間の評判と、あまりにもかけ離《はな》れた煌帝の後宮での生活に何と言葉をかければ良いのか分からない。怜優に語っているというのに、まるで独り言のように——たっぷりと自嘲を含《ふく》んだ声で煌帝が呟く。

「なぜなら、最後まで致《いた》すことが出来ないからだ。あてがわれた姫たちにいくら媚態《びたい》を見せつけられようと、薬を盛られようと——何をされても無駄《むだ》だった。気分が悪くなるばかりだ。世間の噂《うわさ》では、俺は随分と好色だと思われているらしいがな。その煌帝が実は不能だなんて知れたら、失笑《しっしょう》ものだな」

自分で自分の傷を抉《えぐ》るような煌帝の言葉を聞いていられなくて、怜優は思わず口を挟《はさ》む。

「そんな風に言わなくても——」

分かりやすく憤《いきどお》る怜優に対して、軽く笑って煌帝が言った。

「不能と言っても、玉兎殿の閨《ねや》だけの話だ。原因は分かっている。対処の仕様が無いだけだ」

「——原因?」

分かっているのなら、それは早急に対処すべきだ。

怪訝《けげん》な顔をする怜優に向けて、煌帝が言う。

「目だ」

「……目?」

「閨を覗《のぞ》く目がある。アレがあると、嫌《いや》でも萎《な》える」

「——? 閨にも、警備の方が?」

怜優の知る限り、閨に第三者が入り込むということはあり得ない。稀《まれ》に初夜に親類が見届け人として立ち会う地方などもあるが、怜優が知る限り基本的に閨のことは好き合う者同士の秘め事とされる筈《はず》だ。もちろん、怜優にはまだ誰《だれ》ともその行為《こうい》の経験はない。それでも、そこに第三者が入り込むことには、違和感《いわかん》を覚える。

怜優の問いに、煌帝が笑って言った。

「警備の者たちは、さすがに閨の外で控《ひか》えている。声や音ぐらい聞こえるかも知れないがな」

「――それなら、誰が」

そこまで口に出してから、怜優はふと気が付いた。

煌帝は閨を覗く目がある、と言った。警備のために控える者たちが、煌帝と相手の姫君《ひめぎみ》の行為を窺《うかが》い見るなど有り得ない。万が一のことを考えて、同席させられたとしても目を逸《そ》らすのが礼儀《れいぎ》だろう。

なら、その目は最初から行為を見るためにあるとしか思えない。

怜優の頭に浮かんだのは、ぽっかりと何もない空間に浮かんだ瞳《ひとみ》が、じっと事の次第《しだい》を見つめているところだった。おぞましさに言葉を失ったところで、誰が覗いているのか――その犯人の正体に思い当たって、まさか、という思いで怜優は言う。

「紅華后様が――閨を覗いているのですか？」

怜優の言葉に、煌帝が微かに笑って目を閉じる。それは肯定《こうてい》だった。

途端に、ぞっとして体中に鳥肌《とりはだ》が立つ。

自分の口から飛び出した言葉が、真実であるという事実に愕然《がくぜん》としながら怜優は声を震わせて言った。

「あの方は――何をしているんですか？　何をしているのか、分からないのですか？」

義理の息子《むすこ》である煌帝に向けられる、見る者が異常と感じるほどの執着《しゅうちゃく》。それから、自分の知らないところで親しくしていた者へ向けられる憎悪《ぞうお》の混じった嫉妬《しっと》の視線。

口にするつもりが無かった紫桜から聞いた話が、怜優の口から衝動《しょうどう》と共に飛び出した。

「貴方のお母さんを死なせた人が、どうして貴方に、そんなことが出来るんですか？」

信じがたい。信じたくない。

そんな思いで放った怜優の言葉に、煌帝は目を開くと――静かな口調で言った。

「忘れているんだろうな。俺の母親のことなんて、頭に無いに違《ちが》いない」

「忘れている？」

言葉の意味がすぐに理解出来ない。繰《く》り返して、怜優は思わず声を上げた。

「は――？」

目を見開く。自分の意志で人一人を殺しておいて、それを忘れてしまうなんて。そんなことが有り得るのだろうか。戦《いくさ》でも無ければ、事故でも無い。明確に殺意を持って、人の命を奪《うば》っておいて――それを忘れてしまう？　病気でも無いのに。

意味が分からない。

怜優を見つめながら、煌帝は言葉を続けた。

「ここは――そういうところだ」

薄青色《うすあお》の瞳は凪《な》いでいる。

そこに浮かんでいるのが諦《あきら》めだと気付いて、怜優はなんと言葉をかければ良いのか分からず、ただ呆然《ぼうぜん》と――椅子《いす》に座る煌帝を見つめた。

煌の国、四代皇帝・栄煌綾《こうりょう》の最大の功績は竣《しゅん》一族と、一族が統治する土地を煌の国へ併合《へいごう》したことである。

北西に肥沃《ひよく》な大地を持つ竣一族は、気性《きしょう》が荒《あら》く馬の扱《あつか》いに長《た》けていた。

煌の国が誕生した戦乱に巻き込まれることもなく、独自の文化と共に平和を享受《きょうじゅ》していた竣一族が窮地《きゅうち》に立たされたのは、一族の住む土地より北西に進んだところにある小国たちが、長年の冷害によって食糧《しょくりょう》不足になったことに端《たん》を発《はっ》する。

防衛のための壁《かべ》を作ることなく、騎兵《きへい》の俊敏《しゅんびん》性を活《い》かして、侵入《しんにゅう》して来た者たちに対処をしていた竣一族は、北西の小国たちが連合を組んで大量に押し寄せ混乱に乗じて略奪《りゃくだつ》を繰り返しては去っていくという行為に悩《なや》まされていた。

その事態を耳にした四代皇帝が、竣一族に持ちかけたのが、竣一族の煌の国への併合である。煌の国は、長年の戦乱の中で培《つちか》った外部に対する防衛壁《へき》に対しての豊富な知識と技術があった。それを提供する代わりに、今後の北西――北の小国たちへの第一線の防衛を務めてもらいたいという申し出である。

竣一族の長《おさ》は、初代皇帝が統治してから凄《すさ》まじい勢いで豊かになっていく曙陽の都のことも聞き知っていた。今後も繰り返されるであろう略奪行為に自力で立ち向かうことが難しいと判断した竣一族は、竣一族が元々統治していた土地を一族の者に官位を授《さず》けて統治させることを条件に、四代皇帝からの案を承諾《しょうだく》した。

結果として成ったのが四代皇帝・栄煌綾と、俊一族の王女である紅華の婚姻《こんいん》である。

政略結婚だった。

「問題なのは、紅華后様が父上に本気で惚《ほ》れてしまったことだ」

四代皇帝《こうてい》・栄煌綾は美男子だった。そして、女の扱いも実に上手《うま》かった。竣一族の王女である紅華は、すぐに皇帝の虜《とりこ》になった。美男美女の皇帝皇后の誕生に、しばらく国は祝いの雰囲《ふんい》気《き》に包まれた。

しかし、仲睦《なかむつ》まじい夫婦《ふうふ》生活は長く続かなかった。

「子の俺が言うのもなんだが――父は、好色な上に飽《あ》き性《しょう》だったからな」

紅華后が後宮にいる他《ほか》の姫たちに嫉妬を向けるのに、それほど時間はかからなかったと言う。

不幸なことに、四代皇帝と紅華后の間には子が出来なかった。いくら容姿が美しいとはいえ、
他の女たちへの嫉妬を剥《む》き出しにして、己《おのれ》の行動を制限しようとしてくる皇后を厭《いと》った皇帝は
「世継《よつ》ぎのため」という名目で他の女の部屋ばかりを渡《わた》り歩くようになった。その行いに竣一族の誇《ほこ》り高い王女は怒《いか》り狂《くる》った。

そして怒りの矛先《ほこさき》は、皇帝に手を付けられた女たちに向いた。

「国の中央にいる者たちがこんな有様だ。信じられるか？」

煌帝がそう笑って吐《は》き捨てるのを、怜優はじっと耳を澄《す》まして聞いていた。

始まりは、女官《にょかん》の一人が井戸《いど》に落ちて死んだことだったらしい。

それ自体は不自然な状況《じょうきょう》であったが、不幸な事故として処理されたそうだ。そこから、後宮の中では体調を崩《くず》す者や、謂《い》われ無き噂で苦しめられる者が相次ぐようになり——その中心にいるのが誰なのか、どういう理由で狙《ねら》われるのかを誰もが理解するようになっていった。

標的になったのは、どれも皇帝と関係があった女たちばかりだった。身分が低ければ低いほど、紅華后からの嫌がらせは陰湿《いんしつ》で苛烈《かれつ》になった。

たまらず怜優は言う。

「先代陛下——貴方《あなた》のお父さんは——？」

知らなかったのか。

知っていたとしたら、どうして止めなかったのか。

怜優の声音《こわね》に非難の色を見つけて、おかしそうに笑って煌帝は言った。

「あの人は政《まつりごと》に優《すぐ》れていたし、女を口説く術には長けていたが——私生活での面倒《めんどう》事は極《きょく》端《たん》に嫌《きら》う性質だったからな」

当時、紅華后の実父である竣一族の長は生きていた。併合はしたものの、まだ竣一族が治める土地は煌の国に馴《な》染《じ》みきってはいなかった。皇帝が紅華后の振《ふ》る舞《ま》いを叱責《しっせき》することで、竣一族との関係に亀《き》裂《れつ》が入り併合が台無しになることを危惧《きぐ》した皇帝は——紅華后の振る舞いに目を瞑《つむ》ることにした。

「何も、しなかったんですか？」

煌帝の説明に目を見開いて怜優は訊《たず》ねた。それに静かに煌帝が頷《うなず》く。

「ああ」

「――何も？　本当に、何も？」

信じ難《がた》い思いで繰り返せば、煌帝は淡々《たんたん》と言う。

「何も」

「人が死んでいるのに？」

「そう」

そういう人だった、と言われて怜優は絶句する。

戯《たわむ》れとはいえ、肌《はだ》を重ねた相手が酷《ひど》い目に遭《あ》っているというのに。四代皇帝の心は痛まなかったのか。手を下したのは政略結婚とはいえ、自分の正妻なのだ。仲睦まじかった時もあっただろうに。その行動を一言、窘《たしな》めるぐらい――造作も無かった筈《はず》だろうに。

煌帝の声が静かに響《ひび》く。

「あの人にとって、女というのは一瞬《いっしゅん》の快楽のためのものだった。だから、次々に相手を変えたし、飽きた相手を顧《かえり》みることも無かった。むしろ紅華后が憂《う》さ晴らしの対象を自分では無く、後宮の女たちに向けていることに安心していた節もある。抱《だ》いた女が子を宿せば一応、側妃として地位は与《あた》えていたが、子を産んだ女には興味は無いようで後宮に捨て置いていた。さすがに紅華后も、世継ぎ候補に手を出すのは不味《まず》いと弁《わきま》えていたようで、子に害はなさなかったから、女の争いと放《ほう》っておいたのだろう。俺の母親も――その一人だ」

あまりにも酷い話に、怜優は声も出せない。

楽しくない場所だとは常々思っていたが、それを通り越《こ》している。酷い場所だ。衣食住は足りているのに、何か――もっと大切な何かが欠けている。

遠い目をしながら煌帝は言った。

「紅華后様は俺が母の乳を必要としなくなってから毎日、母に菓子《かし》を贈《おく》るようになった」

煌帝の母は、地方貴族の娘《むすめ》だった。とは言っても、既《すで》に血筋も絶えた没落《ぼつらく》貴族である。後宮に入ったのも生活に困窮《こんきゅう》したからで、幸か不幸か先代皇帝の目に留まり、子を生《な》した。後ろ盾《だて》も無く、最低限の女官が仕えるだけ。そして皇帝からの寵愛《ちょうあい》も薄《うす》れた女は、紅華后にとって格好の憂さ晴らしの相手だった。

「幼い頃《ころ》、俺は母が病弱なのだと思っていた。けれど、だんだんと年齢《ねんれい》を重ねていくごとに――違うと気が付いた。母が具合を悪くするのは、決まって紅華后様からの菓子を口にした後だと。ある日、俺は母に代わってその菓子を口にしようとした。そうしたら、母に酷く叱責された。後にも先にも――母が俺にあれほど怒《おこ》ったのは、あの時だけだ」

その言葉に、怜優は掠《かす》れた声で言う。

「――お母さんは、知っていて？」

煌帝が静かに笑った。

「だろうな。たぶん、母が食べなければ、俺に食べさせると脅《おど》されてもいたんだろう。あの御《お》方《かた》ならやりかねない。そんな言葉を口にしたのも忘れているだろうがな、あの御方は。――紅華后様からの菓子は毎日、途絶《とだ》えなかった。それこそ母が死ぬその日まで、ずっと」

そして、煌帝の母親は死んだ。

淡々と語る煌帝に、怜優の胸が軋《きし》む。

そして、煌帝が語っていた「優《やさ》しさは凶器《きょうき》になる」という言葉の意味を知る。

毒と知りながら、子のために毒の入った菓子を口にし続けるのは並大抵《なみたいてい》のことではない。我が子のことを思っての行動ならば、頭が下がるばかりの愛情と優しさだ。

けれど、その様を——何の為《な》す術《すべ》も無く見続けなければいけないというのは、どれほどの苦痛だろう。自分が大事にしている人が、自分の為《ため》とはいえ——その身を犠牲《ぎせい》にしている。

怜優が家族を庇《かば》って自ら囮《おとり》になったと聞いた時、どうしてあれほど煌帝が怒ったのかようやく分かった。もしも、弟や妹が同じ行動に出ていたら——怜優は、とてもその行為《こうい》を喜べない。

優しさに身を震《ふる》わせながら、そうさせてしまった自分を永遠に責め続ける。

——浅はかだった。

今更《いまさら》、自分の行動がどれほど大事な人たちを傷つけて来たのかに思い至って血の気が引く。

そして、目の前の男がどれほど傷ついているのかを考えると——言葉が出てこない。

幼少期の頃から、積もりに積もった記憶《きおく》。

考えるだけで気が遠くなって、言葉が出てこない。

煌帝が淡々と言葉を続けた。

「俺が父に次期皇帝として選ばれたのは、それから数年後のことだ。あの人は後宮の事情には立ち入ろうとしなかったが、自分の子の教育には一応目を配っていたからな。政に関しての目だけは確かだった父のお眼鏡に、どういう訳か俺は適《かな》ったらしい」

十代半ばの煌帝は、正式に次期皇帝として選ばれて、父の補佐《ほさ》に付く形で公務をこなすようになった。その中で引き合わされた紅華后は皇帝の若い頃にそっくりに育った煌帝を見て、目を輝《かがや》かせたという。

「あの人は——紅華后様は、それからすぐに俺の義母という立場を盾《たて》に、俺にやたらと干渉《かんしょう》するようになった」

皇后が息子《むすこ》に向ける歪《ゆが》んだ執着《しゅうちゃく》に、先代皇帝は気付いていた。

しかし、紅華后からの関心が自分から息子に逸《そ》れたのを幸いに、四代皇帝は女遊びに勤《いそ》しむようになったらしい。

四代皇帝は夜半、突然《とつぜん》に心の臓の発作《ほっさ》で亡《な》くなったと公《おおやけ》にはされているが、実際は玉兎殿の一室で女官と睦《むつ》み合っている最中に突然気を失って——それきり息を引き取った腹上死だった。相手をしていた女官は四代皇帝の葬儀《そうぎ》が終わるよりも早く後宮から姿を消し、その行方《ゆくえ》は誰《だれ》も知らない。次期皇帝については、早くから四代皇帝が後継《こうけい》を周知していたために恙《つつが》なく即位《そくい》が行われた。

ただ、一つ。玉兎殿の主の交代だけが行われないまま——。

「俺と紅華后様の噂《うわさ》もあるが、それも仕方がないことだな。お歳《とし》を召《め》しても、外側は美しい御方だ。外側はな。関係は母と息子だが、血の繋《つな》がりは無い。そして、いつまで経《た》っても俺は后《きさき》を迎《むか》える素振《そぶ》りが無い――」

あまりに酷い邪推《じゃすい》に、怜優は言葉も無い。

煌帝は疲《つか》れたように目を伏《ふ》せて、自嘲《じちょう》の笑みと共に言う。

「まったく――笑えない」

その姿が、あまりにも痛々しくて堪《たま》らない。

笑えないどころの騒《さわ》ぎではない。

この人は、どうして――そんなに。

「――」

何か言葉をかけようと思ったが、かける言葉が見つからずに、口を閉じた。

そのまま怜優は、ぐっと奥歯を噛《か》みしめる。

感情が頭の中に渦巻《うずま》いて止まらない。

紅華后のところへ怜優が出向くと聞いた時に、紫桜が動揺《どうよう》して心配していたのは、煌帝の母親への紅華后の仕打ちを間近で見て来たからだった。紫桜は当時の後宮の様子を知る、今は数少ない一人だそうだ。当時は女官たちの入れ替《か》わりも激しかったらしい。紅華后の気分で望月《もちづき》の宴《うたげ》に暇《ひま》を出される女官たちも多くいたそうだ。

父親は他《ほか》の女との色事に忙《いそが》しく、実の母を殺した義母からは執拗《しつよう》な執着を向けられる。

喉《のど》のあたりが締《し》め付けられるような気がした。

——なんなのだろう、ここは。

どうして、こんなに人が溢《あふ》れているのに——誰もいないところよりも、ずっと寂《さび》しくて残酷《ざんこく》で苦しいのだろう。いつか見たどこまでも広がる地平線や、青空の下にある美しい山脈。そういった、ただそこにあるだけの物たちの方がずっと——優しいとさえ思えてしまう。

そんなことを思っていると、じわりと目が熱くなる。

慌《あわ》てて目元を拭《ぬぐ》うよりも先に——転がり落ちた雫《しずく》が珠《たま》になって転がった。

「あ——」

「——？」

そのまま、ぽつりぽつりと——。

目からこぼれた涙《なみだ》が、白い粒《つぶ》に変わっていく。

「玉怜優？」

白い「涙玉」をこぼす怜優の様子に、怪訝《けげん》な顔で煌帝が言った。

「どうして泣く？」

不思議な顔をして訊《き》く煌帝に、涙が溢れて止まらない。寝台《しんだい》から転がり落ちた「涙玉」が、煌帝の足下《あしもと》まで転がった。それを煌帝が拾い上げて、更《さら》に怪訝な顔をする。

「何が——悲しい？」

「貴方《あなた》が——」

煌帝が何もかもを諦《あきら》めているからだ。

いつかのように怒れば良いのに。

それに腹が立つ。腹が立って、腹が立って——どうしようもなく悲しい。

「——貴方は、どうするんですか。これから」

「俺か?」

泣き続ける怜優を不思議そうな顔で見つめて、軽く眉《まゆ》を上げて煌帝は言う。

「俺は皇帝《こうてい》としてやるべきことをやっていく」

それ以外に何かあるか、と言いたげな顔をされて苛立《いらだ》ちが湧《わ》いた。

それを口にするよりも先に、ぽろりと涙が粒になって落ちる。

「玉怜優?」

なぜ怜優が泣いているのか、心底分からないという顔をしながら煌帝が名前を呼ぶ。

答えようと口を開いたところで、息が詰《つ》まって苦しくなる。

堪《こら》えるように目を閉じれば、また目から雫が珠になって落ちた。

「おい、大丈夫《だいじょうぶ》か? 玉怜優——? ——怜優?」

止まらない怜優の涙に、煌帝が狼狽《ろうばい》したように名前を呼んで椅子《いす》から立ち上がる。

慣れない様子で怜優の頬《ほお》に手を当てた煌帝が、顔をのぞき込んでくる。いつもは冷静な相手が、困っているのがよく分かった。張り付けた笑顔より、剝《む》き出しの感情の方が余程《よほど》良い。そう思ったけれど、怜優のことでこんな顔をさせる気など無かった。

「怜優――？」

薄青《うすあお》色の瞳《ひとみ》が、困惑《こんわく》したように瞬《まばた》いた。それを見つめながら怜優は言う。

「貴方は――」

「俺がどうした？」

「どうして――」

「怜優？」

「どうして貴方は、貴方の事を守らないんですか――」

家族を守るために囮になった怜優が、自分の身を守らないことを怒《おこ》ったくせに。

その煌帝自身が自分の心を守ろうとしていない。

それが悲しくて、苦しい。

煌帝の張り付けた笑みは心の鎧《よろい》ではなく、ただの飾《かざ》りだったと気が付いた。

怜優のこぼした「涙玉」を、怜優が流した涙だとすぐに思いやれるのに。どうして、その本人がそんなに諦めた顔をしているのか。

何より、煌帝がそれに気付いていないことが悲しかった。

「俺が俺を守る？」

不思議なことを言われたように、煌帝が怜優からの言葉を繰《く》り返す。何から、と言いたげな声に怜優は声を詰まらせて言った。

「僕を助ける暇があるなら、貴方は貴方を助けて下さい」

自分の身が可愛《かわい》くないのか、という言葉をそっくりそのまま返してやりたい。怜優のことを気にかけて夜半に身を隠《かく》して訪《おとず》れてくれているというのに。その優《やさ》しさを、どうして自分には向けられないのか。とっくに傷ついているのに、その傷に気付いていない様を見せられる方がよっぽど——辛《つら》い。

辛くて、悲しい。

「怜優？」

戸惑《とまど》いを湛《たた》えて呼ばれる名前に、ぽたぽたと落ちる涙が止まらない。

白い珠が散らばっていく。

泣くな　泣くな

そう歌いながら優しく体をさする掌《てのひら》を思い出す。あの子守歌《こもりうた》は、泣いている子どもをあやす歌だ。涙が宝石になる。そんな厄介《やっかい》な体質を持っているというのに、涙精族は涙をこぼすこと自体を禁じたりはしていなかった。

どうしたって涙はこぼれるものだ。

子どもが泣くのは普通《ふつう》のこと。

喜び怒り哀《かな》しみ楽しみ。

それら全《すべ》てに涙が伴《ともな》うのは当たり前のことだった。

ぽろぽろと涙をこぼす怜優の様子を、戸惑った様子で見つめる煌帝にこそ、あの子守歌と掌が必要なのだと――そう思いながら怜優は、また一つ白い珠をこぼした。

＊＊＊＊

柄《がら》にも無く、話しすぎた。

そんな苦い思いが、ずっと煌牙の鳩尾《みぞおち》に留《とど》まっている。

保護している涙精族の青年――玉怜優が、瞳から涙をこぼすのを止めるまでしばらくかかった。琥珀色《こはくいろ》の瞳からこぼれた端《はし》から涙が白い珠になって、床《ゆか》に散らばっていく様子は、ただただ痛々しかった。

――あれを宝石として扱《あつか》える人間の気が知れない。

泣く様を知っているのなら、なおのこと。その心情を思いやることはあっても、喜ぶことなど出来るものではない。

それを嬉々《きき》として身にまとう義母の姿を思い出して、背中に冷たいものが走る。

涙が宝石に変わる涙精族が愛玩《あいがん》動物ならば、それを嬉々として身に付ける者は、ただの獣《けだもの》ではないか。そんなことを思いながら、朝議を終えて私室に戻《もど》る途中《とちゅう》――馴《な》れ馴れしい声が呼ぶのに、舌打ちしたくなりながら足を止める。供に付いていた文官たちが、恭《うやうや》しく脇《わき》に避《よ》けた。

「兄上――いいえ、主上」

にこやかに話しかけてきたのは、異母弟の栄燦達《さんだつ》だった。異母弟とはいえ、生まれは一月《ひとつき》ほどしか変わらない。母親譲《ゆず》りの赤毛と、目元の泣き黒子《ぼくろ》が特徴《とくちよう》的な男だ。都の流行を如才《じよさい》なく取り入れた衣装を着て、煌牙の返事も待たずに歩み寄ってくる。

「紅華后様のご機嫌《きげん》はいかがですか？」

かけられた第一声に、煌牙は薄青色の瞳を細めながら言った。

「いつも貴卿《きけい》はそればかりだな。そんなに気になるのなら、玉兎殿に申し入れて紅華后様とお会いしてくれれば良い。あの御方《おかた》にとっては貴卿も息子《むすこ》の一人だろう？」

その言葉に大袈裟《おおげさ》に手を広げて、燦達が首を振《ふ》った。

「兄上——いえ、主上と私では紅華后様にとって息子として比べようも無いでしょう」

——それだけのことを言うために、懲《こ》りずに話しかけてくる神経を疑う。

溜息《ためいき》を押し殺して、煌牙は薄青色の瞳を眇《すが》めて異母弟を見やる。

——人前に出るのは申し分無いが、些《いささ》か軽薄《けいはく》が過ぎる。

後宮内のことには無関心であったが政《まつりごと》には容赦《ようしや》ない父が浴びせた、燦達への評である。それは間違《まちが》っていなかった、と煌牙も思う。父として人としては尊敬出来ないが、少なくとも皇帝としては間違っていなかったと思える数少ないところだ。

煌牙が次期皇帝に選定された時に、不服を申し立てたのは他ならぬ目の前の異母弟だ。どういう経過があったのか、自分が次期皇帝に選ばれることを信じてやまなかったらしい。どうやっても前皇帝の意思が覆《くつがえ》らないことを知るや否《いな》や、紅華后と煌牙の「あらぬ関係」をそれとなく言い立てて、今もその噂《うわさ》の出所になっている。決定的な言葉は使わずに、言葉の端々《はしばし》や目つきで、曲解した事実を広める燦達のやり方は全く好みではない。

今日も紅華后の様子を煌牙に訊《たず》ねるのは、それをネタにして、また噂を振り巻くために違《ちが》いなかった。宰相《さいしょう》である瞭明が、また噂話の火消しに奔走《ほんそう》するのだろうと思うと、煌牙は嫌気《いやけ》が差してくる。それでいて表面上は「兄上」と思ってもいない敬称《けいしょう》で呼び、慕《した》う様子さえ見せる男の性根《しょうね》が信じられない。

溜息を押し殺して相手をしているのは、燦達の一族が建国の時に功を成した者の血統で、国内の大貴族に名を連ねる者であるからだ。自分が無下《むげ》にされることの無い絶対的自信を後ろ盾《だて》にしているくせに、肝心《かんじん》の義務を怠《おこた》り、金烏城での人脈づくりや情報収集に忙《いそが》しい異母弟の振る舞《ま》いを苦々しく思いながら煌帝は相手の言葉に耳を傾《かたむ》けた。

「紅華后様のご機嫌を清家の姫君《ひめぎみ》が損《そこ》ねたと聞きましたが、何があったのかご存知ですか？」

――無駄《むだ》によく聞こえる耳だ。

煌牙は内心で溜息を吐《つ》いた。

前皇帝の子どもたちの身の振り方は、四代皇帝が存命の内から決められていた。目の前の男は、煌牙とは比べものにならない名家の姫との間に生まれた子で、現在はその家の当主として領地を治めるように命じられている。それだというのに、この男は領地を部下に任せて、頻繁《ひんぱん》に曙陽の都――正確には金烏城へ通ってくる。

都暮らしが性に合う、というのが本人の弁だが、それを額面通りに受け取れるほど煌牙は性格が良くない。今のような詮索《せんさく》や噂話を振りまくのが、この男の常だから余計にその気持ちも強くなる。

「貴卿は、どうしてそれを知っている？」

煌牙の言葉に、愛想《あいそ》の良い顔で燦達が笑って答えた。

「清家の当主とは、よく話をする仲です。あの家は宝石の産地ですからね。私もよく世話になっているのです。清家の当主は、娘《むすめ》の不遇《ふぐう》を酷《ひど》く嘆《なげ》いておられましたよ」

――清夏蘭。

暗い閨《ねや》の中で引き合わされただけで、顔もよく覚えていない。ふわふわとした話し方をする女だったとは思う。

後宮で飼育する「愛玩動物」の脱走《だっそう》を知らせる呼子《よびこ》の音で、その逢瀬《おうせ》もすぐに終わったが。

煌牙は「女だけで動物を捕《と》らえるのは困難だろう」と、これ幸いと手を貸すふりで閨を後にして――そこで怜優を拾った。

痩《や》せこけた粗末《そまつ》な服を着た青年。

皇帝《こうてい》以外は男子禁制の後宮に、涙精族《るいせいぞく》を運び入れるには「動物」とするしか無かったのだろう。とはいえ、あまりにも――非道だ。

思い出すと、怒《いか》りで腸《はらわた》が煮《に》えくり返りそうになる。

どれほど非情なことをしているのか、全く気付かない。自分以外の者に感情があるなどと思ったことの無いような傲慢《ごうまん》な鈍感《どんかん》さ。

それが自分が最も世界で嫌《きら》う人の姿によく似ている。

贅《ぜい》を尽《つ》くして飾りたてた衣装。丹念《たんねん》な化粧《けしょう》。他《ほか》の誰《だれ》もが手に入れることの出来ない宝飾品《ほうしょくひん》。

それらに囲まれながら、足りないものばかり求める様が、ぞっとするほど卑《いや》しいことに気付いていないのだろうか。

野生の金糸雀《かなりあ》。

それを群れから引き離《はな》して、閉じこめておきながら自分は人としての愛を乞《こ》う。

気持ちが、悪い。


どうして貴方《あなた》は、貴方の事を守らないんですか――。


そう言いながら泣く姿が、ふと頭の中に浮《う》かび上がった。

常に追われて逃《に》げる立場にいるくせに、こちらの身を何の打算も無く、ただ案じて見せる。

その姿が眩《まぶ》しくて、目が眩《くら》む。

綺麗《きれい》すぎた。

薄暗《うすぐら》い思い出しか無い後宮の中で、その姿はどうしようも無く――。

色素の薄《うす》い髪《かみ》と、琥珀色の瞳《ひとみ》。伏《ふ》せられたそこから滑《すべ》り落ちた雫《しずく》が、白い珠《たま》となって床に転がる様子は――信じられないほど神秘的だった。

その姿を思い出して、煌牙は軽く目を細める。

よくも――。

恨《うら》みがましく沸《わ》き上がる感情がある。

――よくも俺と玉怜優を、引き合わせてくれたな。

清家の姫君に対して煌牙が抱《いだ》くのは、そんな怒りだった。

存在することさえ知らなければ、手を伸《の》ばそうと思うことも無かったというのに。

自由自在に空を飛び、仲間とさえずりながら、次の土地を目指す鳥の群れ。そこから引き離された金糸雀は、逞《たくま》しいほど生命力に溢《あふ》れていて、怖《こわ》いぐらいに真っ直《す》ぐだった。

遥《はる》か昔に、無駄だと切り捨てた後宮への怒りの感情。それを他ならぬ自分のために使えと、そんな当たり前のことを当たり前に言う存在が――酷く眩しい。

眩しくて――愛《いと》おしい、と思う。

慣れた口調で紡《つむ》がれる子守歌《こもりうた》。

当たり前に我が身を差し出せる優《やさ》しさ。

誰かの痛みを思って泣く様。

薄暗い籠《かご》の中に似合わない、眩しい存在。

あんな薄暗い籠の中に、いつまでも置いておく訳にはいかない。早く逃がしてやらなければ。

最初は紅華后や、それに諂《へつら》う姫たちへの当てつけ混じりの感情だったが――今では、側《そば》に置いておきたいと、そんな汚《きたな》い執念《しゅうねん》じみた欲《よく》が湧《わ》く。

――そんな自分が、じっとりと閨を覗《のぞ》く双眸《そうぼう》と重なって嫌《いや》になる。

煌牙の内心を知らない燦達が陽気な口調で言葉を続けた。

「可哀想《かわいそう》に。清家の姫君は紅華后様の御機嫌《ごきげん》が直るよう、部屋に籠《こ》もりきりでお祈《いの》りをして謝罪をしているそうですよ。結果はあまり芳《かんば》しく無いようで、最近は市井《しせい》の呪《まじな》い師などを呼んで、状況《じょうきょう》を打破する術《すべ》を探《さぐ》っているそうです」

「――そうか」

清家の姫がどうなろうと、煌牙の知るところではない。

紅華后が煌牙の閨に送り込む姫たちに、かなりの貢《みつ》ぎ物を要求しているのは公然の秘密だ。あくまで後宮内で行われる私的なやり取りである。前皇后たる紅華后への好意を示したいと言われ、それを紅華后が拒《こば》まないのならば煌牙に口を出す余地は無い。

どちらにしろ、清家の姫が寵愛《ちょうあい》を取り戻《もど》すことは無いだろう。

紅華后が気に入っていたのは、姫が献上《けんじょう》する「涙玉」であって彼女自身では無い。何より紅華后に再三、請《こ》われてようやく足を運んだ閨を、飼っていた「愛玩《あいがん》動物」の脱走によって台無しにしたのだ。その事に続いた煌牙の「外宮《げくう》」通い。

自尊心の高い紅華后は、「内宮《ないくう》」を統《す》べる自分の面目が清家の姫によって潰《つぶ》されたと思っているに違いない。

怜優の身柄《みがら》を煌牙が保護しているし、改めて出した令によって人身売買には厳しい目が向けられている。新しく「涙玉」を手に入れ、それを献上し続けることでしか紅華后の怒りを解く方法は無いだろうが、それは不可能に近い。もしかしたら清家の姫が、次の望月《もちづき》の宴《うたげ》で故郷に帰されるかも知れないが——それも煌牙にとってはどうでも良いことだった。

燦達が窺《うかが》うような目つきで言う。

「清家の姫に口添《くちぞ》えしてやらぬのですか、主上？」

「何故《なぜ》？」

すぐに問い返せば、相手が言葉に詰《つ》まる。

誤魔化《ごまか》すように愛想笑いを浮かべながら燦達が言った。

「何故、と言われると——清家の姫ですし」

燦達は普段《ふだん》から皇帝とは親しいと吹聴《ふいちょう》している。一部の者はそれが燦達の独りよがりだと知っている。しかし、内情を知らない者は燦達の言い分を鵜呑《うの》みにしている者も多い。

大方、清家の当主に頼《たの》み込まれて引くに引けなくなったのだろう。どうして煌牙が、燦達の身から出た錆《さび》を払《はら》ってやらねばならないのか。

そんなことを思いながら、煌牙は冷ややかに言った。

「玉兎殿で紅華后様の機嫌を損ねたというのなら、俺ではなく紅華后様に頼むべきだろう。姫自身に過失があるなら、それは姫自身が贖《あがな》うべきだ」

煌牙の反論が気に入らなかったらしい。

燦達が一瞬《いっしゅん》むっとした表情を浮かべる。

——分かりやすくて嫌になる。

その浅はかさと自尊心の高さが、後継《こうけい》から外された理由なのだが、そのことに目の前の男が気付くことは永遠にないだろう。

そんなことを思いながら眺《なが》めていれば、異母弟がわざとらしい口調で言った。

「おやおや――これは随分《ずいぶん》、冷たい。さては『外宮』に気に入りの姫が出来たというのは本当ですか？」

「――」

ふっと殺意が湧く。

――いっそのこと、その口を縫《ぬ》いつけてやろうか。

そんなことを思う煌牙の冷ややかな瞳に、異母弟は気付いていないらしい。燦達の鈍感さを羨《うらや》ましく思いながら、淡々《たんたん》と煌牙は言う。

「どこの誰から、そんなことを聞いた？」

煌牙の問いに、好奇心《こうきしん》を丸出しにした顔で燦達が言う。

「おや、本当なのですか？」

「いや、根も葉もない話だ。貴卿《きけい》ほどの者に軽々しくそのような注進をする者がいるのなら、厳しく罰《ばっ》した方が良いだろう？　宰相《さいしょう》に伝えておくから、教えて貰《もら》えるか」

その言葉に燦達が表情を引きつらせた。

宰相に収まった煌牙の乳兄弟《ちきょうだい》は、堅物《かたぶつ》として有名である。忠誠を誓《ちか》うのは皇帝である煌牙のみ。賄賂《わいろ》も懐柔《かいじゅう》も一切《いっさい》通じない。それが噂《うわさ》では無く事実であることを金烏城に関《かか》わる者ならば、誰でも身を以《もっ》て知っている。

そして、そんな堅物過ぎる宰相を、この異母弟は何より苦手としていた。

「いいえ──私の聞き間違《まちが》いでしょう。その者にも私から厳しく言っておきますから」

逃げ腰《ごし》になった燦達に冷ややかな目を向けて、煌牙は淡々と言った。

「そうか、なら良い」

形ばかりの礼を取って逃げ出すように去っていく燦達の背からさっさと目を離《はな》すと、煌牙は足を踏《ふ》み出した。控《ひか》えていた文官たちが、音も無くその後に従う。

怒《いか》りのあまりに、軽い頭痛を覚えた。

確か燦達の領地では今、豪雨《ごうう》で浸水《しんすい》した地域が出た筈《はず》だ。その後処理が終わったとは聞いていない。一体ここで何をしているのか。手に入ることもない皇位を物欲《ほ》しげに眺めながら、正面切ってそれを欲しがることも出来ずに、こそこそと汚い噂話をまき散らすだけの男と、どうして自分の血が繋《つな》がっているのか。

考えると怒りのあまり動けなくなる。

ふっと息を吐《は》いたところで思い出したのは、柔《やわ》らかな子守歌だった。

泣くな　泣くな

──ああ、と溜息《ためいき》がこぼれる。

無性《むしょう》に会いたくて、堪《たま》らなくなる。

暗く狭《せま》く冷たい籠の中には似合わない、軽《かろ》やかに歌う野生の金糸雀《かなりあ》。

玉怜優。

「……下がれ」

仕事をこなす部屋には、大量の書類が山積みになっている。目を通して印を押せば、多種多様な仕事が同時進行していく。そこに皇帝《こうてい》が関わっているかと言われれば否《いな》だ。ただ、円滑《えんかつ》に物事が進んでいくのかを見るためだけの調整役なのだろうと思う。

父である先代皇帝が、無分別なほどに女遊びに走ったのは、位が一番高い椅子《いす》に座ったところで所詮《しょせん》それだけのことなのだ、ということを思い知らされた空《むな》しさの穴埋《あなう》めだったのかも知れない。とはいえ、その振《ふ》る舞《ま》いは絶対に褒《ほ》められたものではないが。

そんなことを考えるでも無く考えながら無心に手を動かしていく。

「主上」

呼ばれて顔を上げれば、そこには硬《かた》い顔つきの乳兄弟がいた。燦達と鉢合《はちあ》わせして、また根も葉も無い噂でも聞かされたのか。そんなことを思いながら、ちょうど気になっていた書類の束を取り上げて煌牙が言った。

「瞭明、工部尚書《こうぶしょうしょ》に確認《かくにん》を取るように言ってくれ。補修工事にかかる予算が昨年より倍近くになっているのは何故だ？　材料費が高騰《こうとう》しているとは聞いていない。建築材を変えたのか？」

その言葉に瞭明が眉《まゆ》を顰《ひそ》めてから頷《うなず》いた。

「それについては、すぐに確認をいれますが――主上。少し、お耳に入れたいことが」

「なんだ。燦達の阿呆《あほう》なら放《ほう》っておけ」

先ほど顔を合わせたばかりの異母弟を頭に浮《う》かべて言えば、生真面目《きまじめ》な宰相が首を振った。

「いいえ——紫桜殿《どの》からの伝言がありまして」

「——紫桜から？」

その言葉に、ひやりと胸の中が冷たくなる。

頭に過《よ》ぎるのは、爛々《らんらん》と閨《ねや》を覗く双眸だった。

もしも、怜優が——。

「どうした？」

我ながら上擦《うわず》る声で問えば、瞭明が言った。

「——玉怜優殿の具合が、優《すぐ》れないそうです」

白い珠《たま》をこぼして泣く、野生の金糸雀。

もしも——怜優に、何かあったら。

宰相の言葉を聞くのと同時に、煌牙の手から書類の束が滑《すべ》り落ちて床《ゆか》に散らばった。

＊＊＊＊

——いわゆる知恵熱《ちえ》だ。

怜優は朦朧《もうろう》とする頭で、自身の発熱をそう診断《しんだん》した。

心配げな顔をした紫桜が、こまめに桶《おけ》の水を取り替《か》えて、濡《ぬ》れた手ぬぐいを額に当ててくれるのが申し訳ない。まさか赤子でもあるまいに――考えすぎて熱が出るなど、思いも寄らなかった。そもそも、怜優は難しいことを考えるのに向いていない。根が単純に出来ているから、その単純さで割り切れる理屈《りくつ》に添《そ》って動くし、行動指針もそれで決める。

それが、この場所では通用しない。

行動が出来ない。けれど考えは頭に浮かぶ。そして、その考えに対する答えは出ない。それが分かっているのに、どうしても同じことばかりを考えて考えて――考え詰めた結果の発熱である。

朝から足下《あしもと》の覚束《おぼつか》ない怜優を見て、血相を変えたのは紫桜だった。大丈夫《だいじょうぶ》だ、と言い張る怜優を寝台《しんだい》に押し込めて、決して出歩かないようにと、普段《ふだん》の穏《おだ》やかな態度とはかけ離れたきつい口調で怜優に言い含《ふく》めた。ようやく表情が和《やわ》らいだのは、発熱は慣れない考え事の結果であり、何か悪いものに中《あ》たったり、不審《ふしん》なものを口にしたからではないと紫桜が納得《なっとく》してくれてからだ。今までは気が付かなかったが、怜優の口に入る食事にも紫桜は相当に気を遣《つか》ってくれていたらしい。

その心配を大袈裟《おおげさ》だと笑えないのは、紅華后と対面を済ませてからだ。

――あの人なら、やりかねない。

煌帝との関係を疑って怒り狂《くる》っていた時と打って変わって、煌帝の訪《おとず》れに身支度《みじたく》を整えさせる様は、息子《むすこ》に対する母のものでは無かった。

あの人は、怖《こわ》い。

怖いというより、おぞましい。

おそらく怜優が流したであろう「涙玉《るいぎょく》」で飾《かざ》りたてることに何の感情も持たず、名ばかりの義母という地位を振りかざして後宮に君臨することに疑問を抱きもしない。

——ぞっと、する。

ぎらぎらとした双眸《そうぼう》。

それが闇を覗《のぞ》いているだなんて、恐怖《きょうふ》以外の何物でもない。

ついで頭に浮かんだのは、灯《あか》りに照らされた煌帝の諦《あきら》めきった顔だった。薄青色《うすあお》の瞳《ひとみ》が遠くを見て、口元には癖《くせ》になってしまったのだろう笑《え》みを浮かべている。

なんて——苦しい。

熱に浮かされながら取り留めもなくそんなことを考えている内に、怜優はいつの間にか眠《ねむ》りに就《つ》いていた。紫桜が手ぬぐいを取り替えたような気がしたが、それが夢なのか現実なのか判断が付かなかった。


昔の夢を見た。あれは、たぶん——西方を旅していた時のことだ。

「祖父が酷《ひど》い腰痛《ようつう》で苦しんでいる。どうか診てやってくれないか」

薬師《くすし》としての一族の評判を聞いて、町から出向いて来た男は、そんな相談を持ちかけた。代金についてのやりとりがなされた後、薬草を抱《かか》えた父が出向くことになり、怜優も連れられて行くことになった。

案内された町の男の家は、愛玩《あいがん》用の鳥を繁殖《はんしょく》させて売ることを生業《なりわい》としている店だった。

店には多くの鳥籠《とりかご》が吊《つ》り下げられていて、鳥のさえずりで賑《にぎ》わっていた。

「祖父は奥で寝《ね》ています」

どうぞ、と丁重《ていちょう》に案内される父に付いて行くことを忘れて、怜優は多種多様の籠の鳥に見ほれた。怜優が不思議に思ったのは、必ずどの鳥籠にも二羽《わ》ずつの鳥が入れられていたことである。好奇心丸出しに店の中を見て回る子どもに、店の女将《おかみ》は優《やさ》しかった。

「どうして、どの籠にも二羽ずつ鳥がいるんですか？」

そんな怜優の問いに、女将が教えてくれたのはその土地にまつわる神話の一つだった。

元々、鳥という生き物には一つの翼《つばさ》と一つの目しか無かった。そのためすべての鳥は、番《つがい》を探し当て隣《とな》り合うことでしか空を飛ぶことが出来なかった。ある日、とある鳥の番が人間に捕《つか》まった。番を追いかけようにも、空が飛べずに追いかけることも出来ない。その場に取り残された鳥は為《な》す術《すべ》も無く、番と引き離された。

番を失い、空を飛ぶ自由を失ったその鳥は、その悲しみから命が尽《つ》きるまで鳴き続けた。

その様子を憐《あわ》れんだとある神が、番と引き離されても必ずその姿を見つけ、後を追うことが出来るようにと、二つの翼と目を与《あた》えた。それから、この世の鳥は一羽で空を飛ぶことが出来るようになったのだという。その神話に則《のっと》り、この地では鳥の番を「比翼《ひよく》」と呼び、人が飼育する時も必ずその番になる相手を見繕《みつくろ》うことが決められているのだそうだ。

興味深く女将の話に耳を傾《かたむ》けていると、薬師の仕事を終えた父が奥から出て来た。そのまま怜優は父に連れられて、一族の宿営地に戻《もど》った。宿営地に戻った父を真っ先に出迎《でむか》えたのは母だった。

——父と母のようだ、と思った。

二人とも過去に様々なことがあって傷を負って来たという。

けれど、それを二人で乗り越《こ》えて今は幸せそうにしている。

羽や目が一つでも、寄り添い飛んでくれる者がいれば、空を飛べるのか。

なら、あの薄青色の瞳の男は、どうやったら飛べるのだろう。

どうすれば、こんな息苦しいところから飛べるのだろう。番はどこにいるのだろう。

煌の国の頂点に立つ男を、怜優は直接顔を合わせるまで同じ人間だと思ったことは無かった。というか、この大国を統《す》べる男のことなど、どこか現実離《ばな》れしていて、先ほどの「比翼」の伝説よりも身近に感じられるところが無かった。

けれど、実際に顔を合わせて言葉を交《か》わした男は怜優が思ったよりもずっと——人だった。

全《まっと》うな感性を持って、過去を背負って、独りで苦しんでいる人だった。

ただ、自分とは肩《かた》書きと立場が違《ちが》うだけ。

こんな場所から連れ出して行ってやりたいな、と思う。

もっと息のしやすいところで、あんな諦めきった乾《かわ》いた笑いではなく、心の底から笑って泣いて怒《おこ》って。

あの男の、そうしている姿が見てみたいと思う。

「——俺の心を乱すのが本当に上手《うま》いな、お前は」

呆《あき》れたような声と共に、頬《ほお》に指が触《ふ》れる感触《かんしょく》がある。薄《うす》く目を開くと、いつの間にか部屋の中は暗くなっていた。灯りの中に、もう見慣れた姿が浮《う》かび上がる。

「——？　主上？」

どうやら今日も忍《しの》んで訪れて来たらしい。

掠《かす》れた声で呼べば、溜息《ためいき》を吐《つ》いた煌帝が怜優の枕元《まくらもと》に腰《こし》を下ろした。

「知恵熱だなんて——赤子か、お前は」

そんな言葉と共に肩《かた》の力を抜《ぬ》く煌帝を見ると、たちまち申し訳ない気分になる。紅華后の所業を目《ま》の当たりにして来た煌帝ならば、後宮での体調不良と聞いて何を思い浮かべるのか簡単に想像が付く。

「——ごめんなさい」

素直《すなお》な詫《わ》びに対して、小さく溜息が聞こえた。煌帝が怜優を見下ろしてから言った。

「俺が勝手に早合点《はやがてん》で心配をしただけだ」

謝る必要は無いと言外に言われて、夢の中でも考えていたことがずっと怜優の口に上る。

「主上――」

「なんだ？」

「貴方《あなた》は――」

どうして、こんなところにいるのか。

訊《き》けば訝《いぶか》しげな顔をした煌帝が言う。

「――？　俺が皇帝《こうてい》だからだが？」

「そうでなくて、どうして――お父さんの後を継《つ》いだのですか」

「――」

「先代皇帝が子沢山《こだくさん》だったのは有名です。ご兄弟がいたでしょう。どうして断らなかったんです――？」

先代皇帝は竣一族を取り込んだことで、煌の国を更《さら》に偉大《いだい》にした皇帝として世間では知られている。先代皇帝が、無責任に後宮内の女たちに手を出し、皇后である紅華后の暴虐《ぼうぎゃく》を放置し、息子を己《おのれ》の身代わりに差し出してまで色欲《しきよく》を満たすような者とは――少なくとも怜優は知らなかった。そんな父親を、目の前の男は決して慕《した》っていないだろうことは分かる。

皇帝の地位さえ手放せば、先代皇帝の息子ということで領地が与えられていただろう。後宮という暗い場所から――紅華后のところから逃《に》げ出すことは出来た筈《はず》だ。

それなのに、どうして、ここに留《とど》まる決断をしたのか。

怜優の言葉に、煌帝がすっと顔から表情を消した。

それから静かな声で言う。

「――約束をした」

「約束？」

「母と約束をした」

その言葉に思わず黙《だま》り込むと、薄青色の瞳を細めて煌帝が続ける。

「亡《な》くなる数日前から、母は立ち上がるのも困難になっていて――ずっと寝たきりだった。意識の混濁《こんだく》も激しく、側《そば》にいるのが誰《だれ》か分からないような有様だった。それでも俺は何かしてやれることが無いかと思って――何かして欲しいことは無いかと母に訊《たず》ねたんだ。その時に母が言った」


わたくしのような者を、もう出さないで欲しい――。


「そ、れは――」

果たして、息子《むすこ》である煌帝へ掛《か》けた言葉なのだろうか。

そんな疑問が怜優の頭にちらりと過《よ》ぎる。毒が盛られていると知りながら、息子に害が及《およ》ぶことが無いようにと、欠かさずにそれを食べ続けた人が――果たして息子にそんなことを言うだろうか。息子にはむしろ、この檻《おり》から出て自由になれと、そう願うのではないだろうか。

紅華后の煌帝への執着《しゅうちゃく》は、若き日の先代皇帝に似ているからだ。

ならば、その願いは——息子である煌帝に告げられたものではなく、きっと。

「分かっている」

口を開こうとする怜優を制するように、煌帝は淡々《たんたん》と言った。

「きっと母は—俺と父を間違《まちが》えて、願いを告げたのだろうことは。けれど、俺が約束した。俺が母の手を握《にぎ》って『分かった』と言った。『分かった、約束する』と——そう言った」

薄青《うすあお》色の瞳《ひとみ》が怜優を真っ直《す》ぐに見て言った。

「だから、俺は皇帝になることにした」

少なくとも紅華后がいる限り、煌帝が皇后を娶《めと》る日は来ない。不特定多数と関係を持つこともなく、誰か一人を選ぶような真似《まね》をしなければ、煌帝の母親と同じ思いをする女はいない。

「違うか？」

違わない、のだろう。少なくとも、煌帝の母親が願った通り——戯《たわむ》れに手を出したことで不幸になる女はいなくなった。けれど、それでは——。

怜優は思わず体を起こした。

「貴方は——？」

「——？　なんだ？」

「貴方自身は、どうなるんですか」

紅華后は未《いま》だに後宮に居座ったままだ。煌帝の母を殺したことも忘れて、先代皇帝への愛憎《あいぞう》が入り混じった執着を向け続けられれば――心が疲弊《ひへい》していくばかりだ。神話にある片羽と片目の鳥でさえ、番《つがい》がいると言うのに――満身創痍《まんしんそうい》の男が番をもてないのは、あまりにも酷《ひど》い。酷くて、可哀想《かわいそう》だ。

「俺は約束を守るだけだ」

「それは――貴方への約束じゃない」

「だが、約束をしたのは俺だ」

「そうだとしても――それだと、貴方は？」

「――俺？」

「貴方の幸せは――どこにあるんですか」

怜優からの問いに、真顔になった煌帝が微《かす》かに息を吐いて言った。

「さぁな」

どこにあるんだろうな、と呟《つぶや》く煌帝に思わず手を伸《の》ばして、掌《てのひら》を握る。怜優の掌より厚く骨ばった煌帝の手を握って、無理なことを理解しながら――それでもどうしようも無く堪《こら》えきれなくて怜優は煌帝の目を見つめたまま言った。

「一緒《いっしょ》に」

掌を強く握ると、微かに煌帝が首を傾《かし》げる。

「僕と一緒に、行きませんか？」

ここから、もっと広い場所へ。息のしやすいところへ。

怜優の言葉に煌帝が瞠目《どうもく》して、息を止めた。

それから、ふっと薄青色の瞳を和《やわ》らげると怜優が摑《つか》んだ手を絡《から》めるように握り返して言う。

「――やっぱり優《やさ》しいな、お前は」

優しくなんか無い。

何の策も存在していない、ただの衝動《しょうどう》に任せた思いつきだ。こんなところに、目の前の男を置いていたくないという我が儘《まま》が言わせた単なる自己満足だ。

実際に男が城から忽然《こつぜん》と姿を消せば、どれぐらいの騒《さわ》ぎになるのか――想像に難《かた》くない。統治者が不在になれば、栄華《えいが》を極《きわ》める国も不安定に荒《あ》れていくだろうことは簡単に分かる。

無責任な戯《ざ》れ言をと激怒《げきど》するでもなく、怜優の気持ちを汲《く》んで優しいと男が言うのは、男自身が何より優しいからだということに――はたして男は気付いているのだろうか。

「お前と一緒に行けたら、楽しいだろうな。怜優」

一瞬《いっしゅん》だけ夢を見るように遠くなった視線が、すぐに現実味を帯びて強くなる。微かに諦観《ていかん》を滲《にじ》ませた声で煌帝が言った。

「お前は金糸雀《かなりあ》だろうが、生憎《あいにく》、俺は飛べない鳥だ」

だから行けない、と笑う男に言葉が浮かばない。

「羽があっても飛べないから、お前と一緒には飛べない。だから、お前は一人で行け」

「――でも」

「怜優」

言葉を続けようとしたところで、名前を呼ばれて口を噤《つぐ》む。

すっと煌帝の顔が、怜優に近付いた。

見つめ合ったまま唇《くちびる》が音も無く重なった。

ふれ合った微かな温《ぬく》もりだけ残して、唇が離《はな》れる。

しばらくの沈黙《ちんもく》の後に、煌帝が言った。

「それ以上、言われると――逃がしてやれなくなる」

眩《まぶ》しいものでも見るように怜優を見る煌帝に、何もかける言葉が見つからないまま怜優は、ただ煌帝の掌を握り締《し》めた。

第四章

胸の中にある感情を、なんと呼べば良いのか怜優には分からなかった。

重なった唇が、音もなく離れていく。

灯《あか》りも点《つ》けない部屋の中。分かるのは互《たが》いの影《かげ》と気配ぐらいだ。吐息《といき》が間近に感じられる距離《きょり》で、もう聞き慣れた声が言う。

「──明日《あした》も」

来て良いか。

そう訊《き》く相手に怜優は、ただ頷《うなず》いた。

声に出さない承諾《しょうだく》に微かに笑った相手が、怜優の顔の輪郭《りんかく》を惜《お》しむように一撫《な》でしてから──そっと気配が遠ざかる。

部屋の中から相手──煌帝の気配が消えた。

あの日から、煌帝は夜になると必ず怜優の部屋を訪《おとず》れるようになった。

とはいえ滞在《たいざい》時間は短い。真夜中に訪れることもあれば、明け方近くのこともある。

唇を重ねる。

ただそれだけのために、煌帝はわざわざ忍《しの》んで怜優のところへやって来る。

何故《なぜ》と訊くことは出来なかった。

訊けば相手を傷つけるような気がして、いつも言葉は喉元《のどもと》で止まった。

次の訪問に律儀《りちぎ》に許可を求める煌帝に頷き、ただその回数だけが増えていく。

それと同時に望月《もちづき》の宴《うたげ》も、日一日と近付いて来ていた。

その日に向けて、玉兎殿は随分騒《ずいぶんさわ》がしい。「外宮《げくう》」の姫君《ひめ》たちは故郷に帰る支度《したく》をするのに忙《いそが》しく、内密に暇《ひま》を出された女官《にょかん》たちが泣きながら荷をまとめている。紅華后の側《そば》に置かれる「内宮《ないくう》」の姫たちは、年に一度の晴れの日のために衣装を新調しているそうだ。それぞれが贔屓《ひい》にしている商人たちが出入りし、姫君たちの家から紅華后へのご機嫌伺《きげんうかが》いの品が届く。詰《つ》め所の者たちを中心に、当日の警備についての打ち合わせも入念に行われているそうだ。

それぞれが望月の宴に向けて、心を波立たせている。

それとは別に――怜優の心が、こんなにも波立っているのは、どうしてなのだろう。

怜優の指先は、先ほどまで煌帝の唇が触《ふ》れていた己《おのれ》の唇に当てられる。

家族から引き離され、後宮に連れて来られてから既《すで》に一年近くが経《た》っていた。

ここから逃《に》げ出したい。

その思いは今も変わらない。

一族を捜《さが》す旅路は少し手間がかかりそうだが、それほど困難でも無いだろう。万が一、はぐれた場合どうやって後を追えば良いのか。流浪《るろう》の一族であるが故《ゆえ》に、その手の対処法に抜《ぬ》かりはない。健康な足さえあれば、後を追うのに支障は無い。少し時間がかかってしまったとしても、必ずまた会えるだろう。以前ならば、その事実だけで心が弾《はず》んだというのに――どうしても気が重いのは、こちらを見つめる薄青色《うすあお》の瞳《ひとみ》が頭に浮《う》かぶからだ。

――あの人を、ここに残して行くのは嫌《いや》だ。

その思いが日に日に強くなっていく。一緒に行こう、と荒唐無稽《こうとうむけい》な提案をしたあの日よりも、ずっと。

連れて行きたい、連れ出したい。

そんな馬鹿《ばか》げたことを考えてしまうほどに。

――苦しい。

そんなことが出来る筈《はず》が無いと分かっているからこそ、余計に苦しい。

ただ、この感情が何なのかよく分からない。

怜優は深く息を吐《は》いた。どちらかというと喜怒哀楽《きどあいらく》は分かりやすい性質だ。そのためか物を深く考えることをしない。それだというのに、ここに来てから考え事ばかりして――熱まで出した上に、今度は名前の分からない感情まで抱《かか》えることになってしまった。

両親に向けている責任感や、弟や妹に抱《いだ》いている庇護欲《ひごよく》とは種類が違《ちが》う。

そもそも、煌帝は何を思って怜優に口づけをするのだろう。

そして、怜優がそれを拒《こば》まないのはどうしてなのだろう。

自分のことも分からないし、相手のことも分からない。口づけの回数が一つ増えるごとに――刻々と後宮を離れる日だけが近付いていく。

そんな中で、いつも側で支えてくれた紫桜に、世話になった礼にと怜優が差し出した「涙《るい》玉《ぎょく》」は受け取って貰《もら》えなかった。

「主上が全《すべ》て買い取ると仰《おっしゃ》っていますから――その足しにした方が良いでしょう」

年嵩《としかさ》の女官はそう告げて、殺風景になった部屋を見回した。

元々、荷物などは後宮からの借り物だ。それらも必要な物だけ残して、紫桜が手際《てぎわ》よく片づけていってしまったので、怜優の部屋は広々としている。それこそ、怜優の手元に残るのは怜優が流した「涙玉」ぐらいだ。

「寂《さび》しくなるでしょうね」

ぽつりと紫桜が呟くのに、怜優は首を傾げた。

いくら格好を取り繕《つくろ》ったところで、男の怜優を匿《かくま》うのは紫桜にとって負担が大きかった筈だ。むしろ、ここを怜優が無事に出て行くことが出来るのなら紫桜の心労は減るのではないだろうか。

そんな怜優の顔を見て、紫桜が淡《あわ》く笑って言った。

「わたくしではなく、主上が」

「主上が――？」

訊《たず》ね返して頭に浮かんだのは、薄青色の瞳だ。それから重なった唇の感触《かんしょく》と、微《かす》かに感じる息遣《いきづか》い。途端《とたん》に鳩尾《みぞおち》のあたりが蠢《うごめ》いたような感覚に襲《おそ》われる。

不思議に思って胸のあたりを押さえると、紫桜が言葉を続けた。

「主上は子どもの時から聡明《そうめい》な方でしたから、殆《ほとん》ど手が掛《か》からなくて――母君である寿々花《すずか》様は不憫《ふびん》に思ってらっしゃいましたよ」

そう語る紫桜の視線は遥か遠くのところにある。

李兄妹《きょうだい》の母親である乳母《うば》が煌帝の身の回りの世話をする一方で、紫桜は煌帝の母親の身の回りの世話をしていたと言う。特に紅華后から盛られた毒で、煌帝の母親が寝込《ねこ》むようになってからは、ほとんど付きっきりで看病にあたっていたと言う。

――けれども、与《あた》え続けられる毒に抗《あらが》う術《すべ》など無かった。

「ずっと寿々花様は、主上のことを案じてらっしゃいました。まさか、ご自分の言葉のために主上が金烏城の主《あるじ》になるなんて――思いも寄らなかったでしょう」

主上が母親と約束を交《か》わすその場に立ち会ったという女官の言葉には、どうしようもない後《こう》悔《かい》が滲んでいた。

子を守るために差し出される毒を喰《く》らい続けた母。

それを知りながら為《な》す術も無く看病を続けた女官。

混濁《こんだく》した意識の母と交わした約束を守るために、ここに留《とど》まることを決めた息子《むすこ》。

思わず怜優は目を伏《ふ》せる。

――なんて、悲しい。

ここにいる間に何度も思い浮かんだ感情が怜優の胸に浮かぶ。

煌帝の寝所《しんじょ》。女の園《その》である後宮。肩書《かたが》きばかりは華々《はなばな》しいのに、籠《かご》の中に閉じこめられた女たちの感情が降り積もって、じっとりと息苦しいような気を発しているようだ。

紫桜が言葉を続けた。

「主上は子どもらしい我が儘《まま》も仰らず、いつも母君を案じてらっしゃいましたから――寿々花様は、そんな主上の姿が憐《あわ》れだと、いつも嘆《なげ》いていらっしゃいました」

賢明《けんめい》であるが故に、母親がどんな立場に置かれているのか理解をするのが早かったらしい。

そして、自分がどんな扱《あつか》いをされているのか。父親がどんな人なのかを理解するのも。

「せめて望んだ物ぐらいは与えてやりたいと、寿々花様も乳母の聡美《そうび》もわたくしも思っておりましたが、あの方が欲しい物は――簡単な物の筈なのに、わたくしたちには、どうしても手に届かない物ばかりで――」

そこで言葉を区切った紫桜が、怜優を見つめて言う。

「――ここに、留まっては下さいませんか」

「え？」

思いもかけない言葉に瞬《まばた》きをすれば、縋《すが》るように女官が言葉を続けた。

「どうか、ここに――留まっては下さいませんか。怜優様」

冗談《じょうだん》を言っているのではない。

本気を宿した女官の縋るような目に、怜優は咄嗟《とっさ》に何の言葉も浮かばなかった。

驚《おどろ》いて目を見開いたまま固まる怜優をしばらく見つめて、紫桜が目を伏せて言う。

「――無理を申しました」

どうぞ忘れて下さい、と頭を下げる紫桜に怜優はやっと我に返った。

「いえ——あの」

——ここに怜優が留まったところで何も出来ないのは紫桜と一緒《いっしょ》だ。

それなのに、聡《さと》い女官がどうして怜優を引き留めようとするのか訳が分からない。

問いただす適切な言葉を探している内に、紫桜はすっかりいつもの穏《おだ》やかで落ち着いた物腰《ものごし》に戻《もど》ってしまっていた。自分からその話題を蒸《む》し返す気になれないまま、怜優は口を噤《つぐ》んだ。

ただ、紫桜の言葉は怜優の胸に波紋《はもん》を呼んだ。

ここに留まる——。

後宮に。玉兎殿に。怜優が、留まる。

そうしたら、何かが変わるのだろうか。

いや、何も変わらないだろう。男で涙精族の怜優が後宮に居続けたところで、秘密が他者に知られる可能性が高まるばかりだ。

出来ることなど、何も無い。

何も——。

考えるほどに自分の無力さを思い知らされて気が沈《しず》む。

何もかもを諦《あきら》めたような、あの薄青色の瞳が嫌だ。

亡《な》くなった母親と交わした約束を愚直《ぐちょく》に守り続ける、優《やさ》しい人。

誰《だれ》よりも傷ついているくせに、自分の傷に気付かない人。

思うだけで切なくなる。

――この感情は、何だ。

「怜優様？」

不思議そうに名前を呼ばれて、はっと顔を上げればそこには帯刀した麗人《れいじん》が立っている。

いつかの夜明けに、煌帝が呼ぶように言いつけた女騎士《きし》――李慈雨だった。

望月《もちづき》の宴《うたげ》は、いよいよ明日に迫《せま》っている。

明日は慈雨の先導で玉兎殿を後にする手筈《てはず》が整っていた。

簡素ながら店が立ち、市のようになるという。玉兎殿を去る他《ほか》の女官《にょかん》や姫《ひめ》君たちに紛《まぎ》れて、ここから出て行くのはそれほど難しいことでは無いだろうというのが慈雨の見立てだった。

紫桜は怜優が外に持ち出す荷を揃《そろ》えるために席を外している。

慈雨の理路整然とした説明を聞きながら、身の入らない自分に怜優は頭を振《ふ》った。

一年前。

気まぐれで拾った自分との約束を、煌帝は呆《あき》れるぐらい愚直に果たそうとしてくれている。

どんな理由であれ、その好意に応《こた》えるのが今の怜優に出来る唯一《ゆいいつ》のことだ。そう自分に言い聞かせる。そんな怜優の様子を眺《なが》めながら、ふと思い出したように慈雨が言った。

「主上から『涙玉』を預かるよう言われているのですが――『涙玉』は、どこに？」

「ああ――それなら」

寝台《しんだい》の下に押し込んでいた箱を引っ張り出す。今の「涙玉」の値が、どうなっているのかは知らないが――好事家《こうずか》相手に売ればそれなりの額にはなるだろうと思う。一年間の滞在費《たいざい》にしては、些《いささ》か安すぎるような気もするが。

そんなことを考えて箱を抱《かか》える怜優に、慈雨が言った。

「明日は外からの出入りが激しいので、宝物庫に保管をしておきましょう。宝物庫に納めるところに立ち会っていただきたいのですが、よろしいですか？」

「はい、勿論《もちろん》——」

ありがとうございます、と答えた慈雨が怜優の手から「涙玉」の詰《つ》まった箱を取り上げる。そのまま流れるように扉《とびら》を開ける姿は、容姿と相まって惚《ほ》れ惚《ぼ》れするような動きだった。

紫桜がいない状態で部屋を空けるのは気がかりだったが、盗《と》られて困るような物も無い。

慈雨と怜優が共にいることを紫桜もきちんと把握《はあく》している。だから大丈夫《だいじょうぶ》だろうと怜優は慈雨の先導に付いて部屋を出た。

黄昏時《たそがれ》を越《こ》えて辺りは暗く夜に沈み始めている。「外宮《げくう》」の姫たちは、明日の出発に備えて大体荷をまとめてしまった者たちが多いと言う。明日は望月の宴の市を朝から散策して、たっぷりと都の空気を味わってから、故郷に帰るそうだ。そのせいもあってか、部屋を出ても人通りが少ない。

「——慈雨さん」

「なんでしょう？」

前を行く女騎士の高く結《ゆ》い上げた髪《かみ》が揺《ゆ》れている。

その毛先をなんとはなしに眺めながら、怜優は訊《き》いた。

「どうして、騎士に？」

煌帝とは実質、乳兄弟《ちきょうだい》の間柄《あいだがら》だ。それならば、それなりの家へ嫁《とつ》ぐことも出来たであろうし、後宮に留まるにしても女官としての地位を築けた筈《はず》だ。わざわざ剣《けん》を取る道を選んだのは、どうしてだろうという素朴《そぼく》な疑問に対して慈雨が静かに答えた。

「消去法です」

「消去法？」

「どこかに嫁ぐとなると、ここから出て行かなければなりません。それは気が引けました。けれど、女官になれば否応《いやおう》なく、ここの面倒《めんどう》な人間関係や力関係に巻き込まれて搦《から》め捕《と》られます。なので、騎士に。幸い剣の才はありましたので」

「──気が引けた？」

「置いていくのは気が引けました」

誰を、とは訊かなくても分かってしまった。

怜優も同じことを考えているからだ。

一人だけ自由になって良いものか、とそんな言葉が思い浮《う》かぶ。

「兄とわたしは母が主上の乳母《うば》でしたから、自然と主上の側《そば》にいました。けれど、わたしたちが主上に出来たことなど数えるほども無いでしょう。だから、せめて、主上の確かな味方として動ける身分でここに留まろうと。そう思ったんです」

慈雨の口調には煌帝のものと似た諦観《ていかん》が漂《ただよ》っていた。

怜優の胸に、なんとも言えない思いが浮かんだ。

——ここは、嫌《いや》なところだな。

優しい人ばかりが傷ついて割を食っている。

どうして、こんなに歪《ゆが》んでしまったのだろう。この鳥籠は。

思いながら怜優が案内されたのは、他の建物から離《はな》れたところにある蔵《くら》だった。慣れた手つきで鍵《かぎ》を差し込み、錠《じょう》を開いた慈雨が怜優を蔵の中へと促《うなが》す。

宝物庫というだけあって、蔵の中には大量の物が詰め込まれている。大きな棚《たな》が置かれており、数々の品物が置かれていた。けれども雑然とした様子は無く、綺麗《きれい》に整頓《せいとん》されている。

慈雨が言った。

「ここは三代皇帝《こうてい》から使われている皇帝の私的な宝物庫です。主に、各地の姫君たちの皇帝への献上品《けんじょうひん》が納められています。紅華后様も立ち入りは許されていません」

そのまま慈雨は迷うことなく、蔵の奥へ奥へと怜優を誘《いざな》う。

蔵の天井《てんじょう》には明かり窓があるらしい。ただ既《すで》に黄昏時の今、蔵の中は薄暗《うすぐら》い。目を凝《こ》らして気を付けなければ、どこかに体をぶつけてしまいそうだった。そろそろと慈雨の後について行くと、慈雨が怜優を呼んだ。

「怜優様」

「はい？」

「こちらへ」

蔵の奥まったところに扉があって、慈雨がそれに手をかける。呼ばれて足を踏《ふ》み出すと、慈雨が何も言わずに怜優の背中をとんと押して――そのまま扉を閉めた。

「え？」

振り返れば、閉じた扉がそこにあって慈雨はその向こうにいる。

怜優は慌《あわ》てて扉に向かって呼びかける。

「慈雨さん？」

それに返ってきたのは、扉を通してくぐもった慈雨の声だった。

「怜優様、すみません」

「あの？」

怜優を閉じこめるその意図が分からない。とりあえず、扉を叩《たた》いて出してくれと訴《うった》えてみる。

扉の向こうにいる慈雨がどんな表情をしているのか分からないが、淡々《たんたん》と紡《つむ》がれる言葉には切実な色があった。

「兄とわたしの企《たくら》みです。主上は関《かか》わっておりませんので――どうか主上を怒《おこ》らないで下さい。罰《ばつ》をお望みなら、わたしと兄を罰して下さい。喜んでお受けします」

「――いえ、あの？　慈雨さん？」

何か悲壮《ひそう》な覚悟《かくご》を決めての言葉に、怜優は戸惑《とまど》うしか無い。怜優の呼びかけに答えないまま、慈雨が言った。

「主上は夜に此方《こちら》へ来る手筈です。わたしが案内をして来ます」

「慈雨さん？」

「あなたと過ごす最後の夜ぐらい――誰《だれ》にも邪魔《じゃま》をされずに過ごして欲しいという、わたしと兄の我が儘《まま》です」

すみません。

扉の向こうで、生真面目《きまじめ》に頭を下げる慈雨の姿が見えるようだった。

「僕と過ごしたところで――」

煌帝に得るものなど無いだろう。いや、それこそ――毎夜わざわざ一瞬《いっしゅん》の口づけのために忍《しの》んで来ることにも意味は無い。あの行為《こうい》の理由も怜優には見いだせない。そして、それを拒《こば》まない自分のことも。

無意識の内に怜優は扉に爪《つめ》を立てて引っかいていた。

――最後の夜。

触《ふ》れるだけの口づけと共に、何の言葉も持ち合わせないまま、怜優は後宮を出て行く。

煌帝に、何も言わないまま。

言えないいまま。

「紫桜殿《どの》には、わたしから伝えておきます。我が儘は承知ですが、怜優様――どうか」

主上を、お願いいたします。

そんな言葉と共に、慈雨の気配が扉の前から遠ざかる。怜優は戸惑ったまま、閉じた扉を見つめて立ち尽《つ》くした。

「悪かったな、こんなところに閉じこめて」

すっかりと聞き慣れた声と共に扉が開いたのは、それからしばらくが経《た》ってからのことだった。天井にある明かり取りの窓から差し込むのは、明日《あした》には完全に満ちる月明かりだ。冴《さ》え冴《ざ》えとした明かりは、太陽とは違《ちが》ってすべてを照らし出すことはしない。ただ、ぼんやりと物の輪郭《りんかく》を浮かび上がらせる。

そんな中に灯《あか》りを片手に現れた煌帝の姿が眩《まぶ》しくて、怜優は目を細めた。

怜優の姿を認めて薄青《うすあお》色の目元が、ほっとしたように緩《ゆる》む。

「李兄妹《きょうだい》は真面目が過ぎて、妙《みょう》な方向に突《つ》っ走《ぱし》ることがある。二人揃《そろ》って困ったものだ。――気分を害したか？」

「いいえ」

怜優をこの部屋に閉じこめることが、どうして煌帝のためになるのかは分からないが、それでも慈雨が――そして、顔をまだ見たことも無いその兄が――煌帝のためを思ってとった行動だったというのは分かる。

それが分かっているのに怒る気にはなれない。

ただ、どうしてとは思う。

紫桜も、慈雨も、顔を見たことが無いその兄も――怜優が煌帝に何をしてやれると思っているのだろう。

怜優の否定に、煌帝は軽く目を伏《ふ》せて言った。

「――俺のことに巻き込んで、すまなかったな」

そう言いながら煌帝が視線だけで怜優の退出を促す。

意図に気が付かないフリをしながら、怜優は煌帝に訊いた。

「この部屋は――なんですか？」

煌帝が軽く眉《まゆ》を上げて言う。

「三代皇帝が造った部屋だ。あの頃《ころ》の後宮は、今より政略目的で送られてくる姫《ひめ》たちがずっと多かったからな。各自の部屋で話し合いに障《さわ》りがある場合は、ここに呼んでいたらしい。――先代になってからは、もっぱら逢《あ》い引きに使われていたようだが」

「逢い引き」

確かに、蔵の中に置くには勿体《もったい》ないような豪華《ごうか》な造りの寝台《しんだい》が置かれている。それに卓《たく》や椅《い》子《す》が並んでいて、立派な部屋だった。

「紅華后様に隠《かく》すことが目的というより、場所を変えたという雰囲気《ふんいき》の違いを楽しむことが目的だったらしい。どうせなら、全《すべ》て隠し通してくれれば良かったのにな」

溜息混《ためいき》じりに告げた煌帝が部屋を見回して言う。

「慈雨が手を入れたようだ。そもそも、位を継《つ》いでから此方に足を運ぶことが無かったから閉め切りにしていた筈《はず》だが――」

そんなことを言ってから、煌帝が首を傾《かし》げる。

「怜優？」

どうした、と訊《き》かれて怜優は黙《だま》ったままでいた。

言葉が何も浮かばない。

そんな怜優の様子を見て、灯りを卓の上に置いた煌帝が怜優の頬《ほお》に触れた。

「どうした？」

灯りを卓の上に置いた煌帝の顔を浮かび上がらせるのは、月明かりだけだった。夜の中に青白く浮かび上がる相手の顔を見つめていると、煌帝が困ったような顔をして笑って言う。

「――お前に似合わない顔をしている」

そんな顔をしてどうした、と訊かれて怜優はやっと言葉を口にした。

「……どんな顔ですか」

薄青色の瞳《ひとみ》を細めながら、煌帝が言う。

「途方《とほう》に暮れている顔だな」

その言葉に瞬《まばた》きをして怜優は聞き返す。

「僕が？」

怜優の言葉に煌帝が言った。

「迷子みたいな顔だ。そんな顔は、お前らしくない。道に迷っても、とりあえず前に進んでみるのが玉怜優だろう？」

「――なんですか、それは」

無鉄砲《むてっぽう》に「飼育小屋」から逃《に》げ出した自分のことを振《ふ》り返れば、煌帝の評を否定も出来ない。

力なく呟《つぶや》く怜優に煌帝が軽く笑って言った。

「お前のそういうところが好ましい」

なんでも無いように言いながら、穏《おだ》やかな――静かな声で煌帝が繰《く》り返す。

「怜優――どうした？」

何かあったのかと訊《たず》ねる声が優《やさ》しい。それを聞くのが今日で最後なのだという事実が、なんだか急に現実味を帯びてきて、ますます胸のあたりが切なくなる。

思わず怜優は唇《くちびる》を噛《か》んだ。

言葉が何も浮《う》かばない。

今日で最後だというのに。

今夜が最後だというのに。

どうして、自分は目の前の男にかけてやるべき言葉の一つも見つけることが出来ないのだろう。自分の不甲斐《ふがい》なさに情けなくなってくる。

黙り込んだ怜優の様子を薄青色の瞳でじっと見つめて――煌帝が不意に言った。

「怜優」

名前を呼ばれて顔を上げると、強い薄青色の瞳と目が合った。

「明日ここを出たら俺のことも、ここのことも全て忘れてしまうと良い」

「――え？」

目を見開く。

思いも寄らない言葉だったからだ。

そんな怜優に、静かに煌帝が言葉を続けた。

「この一年は、お前にとっては悪い夢だ。そう思って忘れてしまえ。覚えておく必要も無い」

この一年のことが、すべて悪い夢。

人買いに襲《おそ》われたことも、閉じこめられて「涙玉《るいぎょく》」を搾《しぼ》り取られ続けたことも。

――煌帝に出会ったことも。

身を隠すために怜優の部屋に夜半訪《おとず》れて来たことも。

こんなに泣いたのか、と訊かれたことも。

目の前の男の優しさも、悲しさも、悲惨《ひさん》な過去も。そっと交《か》わす、触れるだけの口づけも。

その息づかいも。熱も。

何もかもが、全て悪い夢だなんて。

「そんなの――」

思える訳が無い。

出来る筈が無い。

そう怜優が言うよりも先に、煌帝が言った。

「ただ――一つだけ頼《たの》みがある」

「――頼み？」

呆然《ぼうぜん》と聞き返すと、煌帝は静かな声で言った。語り出す口調は滑《なめ》らかで、その願いが何度も何度も煌帝の心の中で繰り返されてきたのだろうと察することは容易だった。

「お前が一族のところに無事に帰って、誰《だれ》か共に生きる相手を見つけて、家族を作って——無事に日々を続けて歳《とし》を重ねて。最後の最後に、もしも、お前たちの一族が、お前の暮らしが今よりも少しだけ良いものになったと、そう思えたなら。その時だけで良い」

言葉を切ってから煌帝が祈《いの》るように言った。

「その時の一瞬《いっしゅん》だけで良い。その時だけ——俺のことを思い出して、良くやったと褒《ほ》めてくれないか」

怜優は目を見開いた。

何を言われたのか一瞬、理解が出来ない。それから、掠《かす》れた声で問い返す。

「——それ、だけ?」

煌帝が。

この国の頂点に立つ筈の男が。

望むことが、それだけなんて。

直接ではなく、ただ胸の中で思うだけで。

届かぬ言葉で褒めて欲しい、だなんて。

怜優の言葉に煌帝が笑った。

「俺にとっては『それだけ』じゃない。それでも十分過ぎる――贅沢《ぜいたく》なことだ」

そんな返事にますます言葉が浮かばない。

「――」

煌帝が口にしたのは、あまりにも遠い未来の話だった。

怜優が必ず守るという確証も無い。

そして約束を怜優が叶《かな》えたのかどうか、目の前の男には知る術《すべ》も確かめる方法も無い。

そんな、ただの口約束。それなのに、それだけのことで良いと笑う男を見つめていると、胸のあたりが苦しくなった。

――どうして、この人ばかりが、こんなに。

こんな苦しいところで、辛《つら》い思いばかりをして生きていかなければならないのか。

「怜優」

返事を請《こ》われているのが分かった。きっと断っても、煌帝は笑って怜優からの返事を受け入れるだろう。それが分かったから余計に切ない。

あまりのことに無意識に下を向いていた。どうしようも無い思いが苦しくて、思わず目を閉じれば眦《まなじり》から――雫《しずく》がこぼれて落ちる感触《かんしょく》がした。

かつん、と床《ゆか》の上に珠《たま》の転がる音が響《ひび》いた。

「――怜優？」

怪訝《けげん》な声がして、怜優の頬に触《ふ》れていた煌帝の手が離《はな》れる。

目を開けば屈《かが》み込む煌帝の姿があった。

床に転がった珠を拾い上げて、掌《てのひら》にそれを載《の》せた煌帝が不思議そうに言った。

「——この色は？」

呟く声に、つられて目を向ける。

灯《あか》りを受けて輝《かがや》く「涙玉」は——薄暗《うすくら》がりの中でも分かるほど、鮮《あざ》やかな赤色をしていた。

怜優は目を見開いた。

どくり、と胸の鼓動《こどう》が大きく跳《は》ねる。

黄色は喜び。黒色は怒《いか》り。白色は悲しみ。緑色は楽しさ。

赤色は——恋心《こいごころ》。

涙精族でも滅多《めった》に見ることが無い色に、怜優は咄嗟《とっさ》に動けない。

生涯《しょうがい》に一度、流すことがあるかどうかの色。見ることが出来るのは涙を流した本人と、その想《おも》い人だけと言われるほどに希少な色。ここでは縁《えん》の無い色だと思ったから、怜優も煌帝への説明を省いたのだ。

その色が今、煌帝の掌の上に載っている。

その涙を流したのは、紛《まぎ》れもなく怜優自身だった。

――ああ。

それを見つめながら、怜優は胸の中にあった感情が何なのかをやっと理解した。

苦しくて悲しくてやるせなくて、頭から離れなくて、離れがたくて。こんなところから連れ出したいと出来もしないのに思って悩《なや》む。単なる同情心や、優しさではない。

――そうか。

これが、恋というものか。

「怜優、この色は――？」

そう訊《き》く煌帝の問いに答えずに怜優は足を踏《ふ》み出して、相手の胸に顔を埋《う》めるようにして抱《だ》きついた。

「っ、怜優？」

突然《とつぜん》のことに驚《おどろ》いたような煌帝の声が降ってくるのに、怜優は額を相手の胸に押しつける。

そして、先ほどの頼みに対する答えを口にした。

「嫌《いや》です」

「怜優――」

「僕は思い出しません」

「――」

怜優の言葉に、軽く煌帝が息を詰《つ》めた。

その気配を感じながら怜優は口早に告げた。

「忘れないから、思い出さない」

その言葉に煌帝の体が驚いたように強《こわ》ばった。構わずに怜優は言葉を続ける。

「絶対に忘れない。ずっと覚えてる」

例えば、地平線に沈《しず》む夕日を眺《なが》める時でも。

天幕を広げた簡素な住処《すみか》で眠《ねむ》る時も。

夜露《よつゆ》の匂《にお》いを感じる時も。

風の音に耳をすませる時も。

肌《はだ》に触れた空気が土地の気候や季節を告げる度《たび》に、薄青色《うすあお》の瞳《ひとみ》が側《そば》にいれば何を言うだろう。

どう感じるだろう。そうやって思いを馳《は》せながら、日々を過ごしていく。

思い出すことはしない。まるで、側にいるのが当たり前のように、ただ思い続ける。

「——忘れない」

確固たる意志と共に放った怜優の言葉に、強ばった煌帝が一度体から力を抜《ぬ》いた。それから、怜優の背中に腕《うで》が回る。

そのまま、息が苦しくなるほど強く抱き締《し》められた。

「——怜優」

縋《すが》るように名前を呼ばれるのに、怜優は同じ言葉を繰《く》り返す。

「忘れないから」

——だから、そんな風に。忘れられることを前提にした話なんて、しないで欲しい。

「怜優」

「忘れない」

「怜優」

「覚えているから」

それしか言葉を知らないように、何度も何度も呼びかけられる。それに怜優も同じ言葉を繰り返して答えた。

温《ぬく》もりと息づかいと鼓動が伝わる。

それに思わず目を閉じて、切なさに溢《あふ》れる胸の中に思いを抱《かか》える。

——離れたくない。側にいたい。寄り添《そ》っていたい。

無理だと分かっていながら、どうしようもなく、そう思った。

抱き締められたまま、どれぐらいの時間が経《た》っただろうか。少しだけ体が離れて、鼻先が触れ合いそうなほどの至近距離《きょり》で顔をのぞき込まれる。

「——怜優」

薄青色の瞳が、今にも泣きそうな色をしている。

それを見つめていると、酷《ひど》く掠《かす》れた声で煌帝が言った。

「思い出を——くれないか」

その言葉に、怜優は煌帝の背中に回していた腕を首に絡《から》める。

そして、少しだけ伸《の》び上がるようにしながら――初めて自分から、相手の唇《くちびる》に口づけた。

＊＊＊＊

いつの間にか、持ち込まれた灯りは消えていた。

けれど、窓から差し込む冴《さ》え冴《ざ》えとした月光で、互《たが》いの姿を確認《かくにん》するには十分だった。そして、そんなことに構っていられないほどに互いに必死で夢中だった。

「怜優」

「ん、ぁ――っ」

合わせた唇の隙間《すきま》から、どちらともなく差し出した舌が絡まり、唾液《だえき》が混ざった。丁寧《ていねい》に歯列をなぞり口の中を擽《くすぐ》るように探《さぐ》る煌帝の舌に、怜優は体を震《ふる》わせた。夢中になったあまりに忘れてしまっていた息を喘《あえ》ぐようにすれば、無意識に反った背中を煌帝の腕が引き留めるようにかき抱《いだ》いて、束《つか》の間離れた唇がまた重なる。

それを何度も何度も繰り返している。

濡《ぬ》れた音が体に響くのに、ぞくりと背筋を熱が這《は》い上がった。

薄青色の瞳が、月明かりに光っている。

「――っ、ぁ」

男同士でも体を重ねることがある、というのは薬師《くすし》の知識として怜優は知っていた。ただ、実地となると経験など皆無《かいむ》だ。けれども、行為《こうい》に対する躊躇《ちゅうちょ》は怜優には無かった。

一夜限りの思い出。

過ぎゆく時間が、ただただ惜《お》しい。

目の前の男のために今怜優が出来ることがあるのならば、何でも叶《かな》えてやりたいと、熱に浮《う》かされたような頭でそんなことを思う。

触れ合った素肌《すはだ》が汗《あせ》ばんでいる。

女物の重たい衣服は相手の手で取り払《はら》われて、怜優は一糸まとわぬ姿を晒《さら》している。煌帝が自ら脱《ぬ》ぎ捨てた服と合わさって、それらはぐしゃぐしゃに寝台《しんだい》の横に落ちていた。口づけをしながら、煌帝の指が怜優の体の形を覚えるように何度も丹念《たんねん》に動き——胸の尖《とが》りに触れる。

「ん、ぁ——っ、あ」

外気に晒されて敏感《びんかん》になっていたところに与《あた》えられる刺激《しげき》に、思わぬ声が出た。

そんな怜優の様子に、煌帝は目を細めて触れるだけの口づけを顔中に降らせた。

「や——あぁ、あ」

胸の粒《つぶ》が優《やさ》しく摘まれて、転がされて、こね回される。

痛みは無い。ただ、じん——と。もどかしい、痺《しび》れるような感覚が体の中を走り抜けて、下腹に熱が溜《た》まっていく。初めてのことに無意識に怯《おび》えた体が逃《に》げるのを、煌帝が引き留めて更《さら》に快楽を与える。

「あ、ぁ――煌牙」

咄嗟《とっさ》に転がり出たのは、先ほど呼んでくれと請《こ》われた相手の名前だった。

「怜優」

胸の尖りから離《はな》れた指が、するりと臍《へそ》のあたりまで下りて、与えられた刺激で熱を持った下肢《かし》に触《ふ》れる。

「あ――っ」

唇に啄《ついば》むような口づけが送られて、そのまま煌帝が怜優の喉元《のどもと》に吸いつく。あまり目立たない喉仏《のどぼとけ》を舌先でなぞられて溜息《ためいき》のような声が洩《も》れる。そのまま怜優の鎖骨《さこつ》の窪《くぼ》みに歯を立ててから、先ほどまで指先で弄《いじ》くられていたせいでじんわりと熱を持って、ふっくらと立ち上がった胸の尖りに煌帝が吸い付いた。

「ひっ、ぁ、ぅ――」

じゅう、と唾液を含《ふく》んだ音が胸元《むなもと》から上がるのに、ぞくぞくと背中を快感が通り抜ける。そのまま下肢で緩《ゆる》くもたげていた性器に指が絡められた。

「あ、や、煌牙――」

「怜優」

好きだ。

ちょうど、心臓の真上。

まるで肌に直接、言葉を刻みこむように口づけを落としながら煌帝が言った。

「愛している」

「っ、ぁ――」

肌から体の内側に響《ひび》いた言葉が、じわりとした熱に変わる。

先ほどとは反対の胸の尖りを口に含まれて、同時に器用に熱を煽《あお》る指先に怜優の口から嬌声《きょうせい》がこぼれ落ちた。

「ぁ、あ――あ、っ、あ」

感じたことの無い快感に、頭の中がぐちゃぐちゃになる。それを与えているのが煌帝――否《いな》、栄煌牙という男だということに、堪《たま》らない愛《いと》おしさが募《つの》る。

胸元にある頭を抱えるようにしながら、怜優は与えられる快楽に溺《おぼ》れた。

「煌牙――っ、煌牙」

嬌声にかき消えてしまわないように、必死になって名前を呼んだ。

今まで煌帝の閨《ねや》に侍《はべ》ってきた美姫《びき》たちの柔《やわ》らかくも繊細《せんさい》な体とはまるで違《ちが》うだろう、骨ばって硬《かた》い男の体を相手はまるで壊《こわ》れ物のように扱《あつか》う。

焦《じ》れったいほどの愛撫《あいぶ》で溶《と》かされた下肢は、怜優が吐《は》き出した精液でぐちゃぐちゃに汚《よご》れていた。時間が無いのは、相手の方が嫌《いや》というほど知っているだろうに。行為を望んだのは煌帝自身なのだから、もっと先を望んでいるだろうにもかかわらず、怜優に触れる煌帝の指先はあまりにも優しすぎる。

もっと、煌帝が思う儘《まま》に振《ふ》る舞《ま》っても——怜優は構わないのに。

こんな時まで、ひたすら優しい男を甘やかしてやりたくて堪らない。

「ぁ、あ——っ、あ——あ」

決して急ぐことはなく、怜優が吐き出した熱の残滓《ざんし》をまとって、後孔《こうこう》に入り込んだ指先がゆるゆると体を拓《ひら》いていく。

痛みは感じなかった。圧倒《あっとう》的な異物感は、違和感《いわかん》に。違和感は、奇妙《きみょう》な疼《うず》きに。疼きは今、確かな快感になって体全身を駆《か》けめぐっている。

「あ、ぁ——あ」

意図しない喘ぎ声が口からこぼれて、びくりと跳《は》ねた体が熱を吐き出す。何度目の絶頂かは、もう忘れてしまった。与えられる快楽に目眩《めまい》がして、しっとりとした汗で全身が濡れている。どくどくとした鼓動《こどう》がうるさい。

「怜優」

確かに熱をはらんだ声が、名前を呼んだ。

月明かりの中にぎらついた薄青色《うすあお》が見える。

「良いか」

熱のこもった声がそう言って、怜優の中に埋《う》め込まれた指が動く。

中を抉《えぐ》るように擦《こす》る動きに、怜優は無我夢中に頷《うなず》いた。

「早く——」

夜が明けてしまう前に、早く。

そんな願いを込めて放った言葉は容易《たやす》く叶えられた。

指とは違う質量と熱をはらんだ物が、散々に甘やかすように解《ほぐ》されてとろけた後孔にあてがわれて、ずるりと怜優の中に入ってくる。

「あ――っ」

「――っ、怜優」

好きだ。

何度も何度も紡《つむ》がれる言葉は、全く聞き慣れない。一つ数を増やすごとに、たった一つの言葉だけで体中が喜びに痺れる。

「あ、ぁっ――」

ゆっくりと、けれど確実に体の中を質量のある物が拓いていく。

全《すべ》てを飲み込むまでに、どれほどの時間が経《た》っただろう。怜優の体を気遣《きづか》いながらの挿入《そうにゅう》は、優しすぎて焦れったくて頭がおかしくなりそうになる。

「煌牙、煌牙――」

もっと好きに動いて、滅茶苦茶《めちゃくちゃ》にしてしまって構わない。頭の中で呟《つぶや》いただけの筈《はず》のそれは、無意識の内に言葉になって口からこぼれ出ていたらしい。

「怜優」

上半身を倒《たお》した煌帝が、怜優の頬《ほお》や眦《まなじり》に唇《くちびる》を落として囁《ささや》いた。

「優しくさせてくれ」

好きな相手との最初で最後の夜だ。これ以上無いぐらい大切に、大事にさせて欲しい。

そんな言葉が耳朶《じだ》を打ったのと同時に、緩やかな律動が始まって怜優は口から嬌声をこぼした。触れ合う肌《はだ》は熱くなり、熱を受け入れた下肢からは濡《ぬ》れた音が響く。

――このまま、一つになってしまえれば良いのに。

そんな馬鹿《ばか》げた考えが浮かぶ。

「あ、あっ、あ――煌牙、煌牙」

「――っ、怜優。怜優」

好きだ。

好きだ。

ずっと。

愛している。

惜しみなく降ってくる言葉の粒に、胸が苦しくなる。

これ以上無いほど深くまで体は繋《つな》がっているのに、心も重なっているというのに――刻々と近づいてくる別離《べつり》の事実に胸が痛い。

「煌牙――」

揺《ゆ》さぶられる嬌声の合間に、相手の体に縋《すが》るようにして抱《だ》きついた。

怜優のことを忘れるべきなのは、煌帝の方だ。

こんな酷《ひど》いところに相手を置き去りにして、自分だけ飛び立とうとしている。そんな身勝手な金糸雀《かなりあ》のことなど、綺麗《きれい》さっぱり忘れてしまえば良い。そうすれば、そんなに苦しそうな顔をすることも無い。

そう思うけれど、そのことを相手に告げられずにいる。

——本当に、このまま一緒《いっしょ》に。どこか遠いところへ。

決して叶《かな》うことの無い願いが、頭の中を駆けめぐる。

「怜優——怜優」

それしか知らないように何度も何度も呼ばれる名前に答えるように、相手の背中に腕《うで》を回した。気遣うように緩やかだった律動が、徐々《じょじょ》に堪《こら》えきれないように速く強くなっていく。

「ぁ、あ、あ——っ、あ」

「怜優」

どくりと腹の中に熱が広がるのを感じたのと同時に、怜優も気づかない内に頭が白くなるような絶頂に襲《おそ》われていた。

「あ、ぁ——ん」

「怜優——好きだ」

まだ繋がった状態のまま唇を求められて、夢中になって応《こた》える。

ぴったりと体を重ねた相手のことが、愛おしくて切なくてどうしようもない。

呼吸の合間。瞬《まばた》きと共に散った涙《なみだ》が、珠《たま》になって寝台《しんだい》の上に散らばった。

「怜優?」

気遣うような声が言って、片手が離《はな》れる。

月光の冴《さ》え冴《ざ》えとした明かりの中にあるのは、間違《まちが》いなく怜優が今流した涙だった。

白色と赤色。

悲しみと恋情《れんじょう》が斑《まだら》になって、ところどころが桃色《ももいろ》になっているそれは――お世辞にも綺麗と呼べるものでは無い。

市場に出回ったところで「粗悪品《そあく》」と一蹴《いっしゅう》されて、顧みることもされない。

複雑に色が混じり合って、斑になった珠が煌帝の手の中で、月明かりを受けて寂《さみ》しげに光を放っている。こんなに複雑に感情が入り組んだ涙を流すのは、怜優にとっては生まれて初めてのことだ。

恋《こい》とは、こんなものなのか。

脳裏《のうり》に浮《う》かぶのは、父と母だ。

お互《たが》いを想《おも》い合って寄り添《そ》う二人。

恋情というのは、ああいう穏《おだ》やかなものだと思っていた。

それなのに怜優の胸を満たす感情は、どうしたら良いのか分からないような激情だった。あまりにも両極端《りょうきょくたん》の感情が胸を占《し》めている。

触《ふ》れられる今が嬉《うれ》しい。

夜明けの別れが悲しい。

同じ気持ちだと思い合える喜びがある。

その気持ちを抱《かか》えたまま別れる苦しさがある。

「怜優――」

呼ぶ声と共に掌《てのひら》が頰に添えられる。

「痛いか？」

気遣わしげな問いに首を左右に振った。

途端《とたん》に意図せずに流れた涙が、また珠になって散らばる感触《かんしょく》がした。

これでは泣いていることを誤魔化《ごまか》すことも出来ない。体質とはいえ厄介《やっかい》だと思いながら、相手の背に回した腕に力を込めて怜優は口を開く。

「――煌牙」

呼んでくれ、と言われた名前。

誰《だれ》も呼ぶ者がいない、とそう言っていた相手の名前。

いつか――どうせならば、喜びや楽しさの感情を込めた「涙玉」を貰《もら》いたい。

そんなことを言っていた男の願いを叶えてやることは出来そうに無いと思いながら、ありったけの思いを込めて言う。

「好き――」

――もしも、本当に鳥だったのなら。

本当に、飛べるのならば。

羽があっても飛べない鳥だと自分を揶揄《やゆ》する男を抱えて、こんなところから飛び立つことが出来れば良かったのに。

そんなことすら出来ない己《おのれ》の無力感に打ちひしがれながら、偽《いつわ》りのない気持ちだけを贈《おく》る。

「煌牙のことが、ずっと好き」

ここが鳥籠《とりかご》なのだとしたら、そこには番《つがい》となる誰かがいるべきだ。

怜優のことなど忘れてしまって構わない。

だから、いつか――。

ここで共にさえずり横に並びながら、身を寄せあって眠《ねむ》れるような人が現れると良《い》い。この優《やさ》しくて寂《さみ》しい人に、自分じゃなくても良いから誰かが現れてくれれば――それで良い。

祈《いの》るように思いながら紡いだ怜優の唇が、相手のそれによって優しく塞《ふさ》がれた。

「朝なんて――来なければ良い」

心からのものであろう言葉が、怜優の耳朶を打つ。

そのまま再び肌を重ねる。

誰にも明け渡《わた》したことの無い深いところで混じり合い、肌を重ねて、想いを通じ合わせ――叶わぬ願いを口にする。

そんな二人の密《ひそ》やかな交わりを、月光だけが静かに照らしていた。

＊＊＊＊

宴《うたげ》に合わせて玉兎殿の中で開かれた市は、華《はな》やかだった。一般《いっぱん》に開かれるような荒々《あらあら》しい呼び声や賑《にぎ》やかさとは無縁《むえん》で、簡素な作りの露店《ろてん》であっても、後宮の女たちの目に留まるようにと趣向《しゅこう》が凝《こ》らされている。露店を仕切る商人も女に限定されている。様々な女たちが行き交《か》い、それぞれが身につけている香《こう》の匂《にお》いが入り混じり、高い声で密やかな会話が交わされ、時折さざ波のように笑い声が起こる。

そんな騒《さわ》ぎを遠巻きにしながら、怜優は慈雨の先導で玉兎殿の入り口へと向かっているところだった。

髪《かみ》を高く結《ゆ》い上げ、帯刀をして颯爽《さっそう》と歩く女騎士《きし》は、どうやら玉兎殿では人気が高かったらしい。慈雨の姿を認めた女官《にょかん》たちが、ぱっと顔を赤らめて言葉を交わして、うっとりと見入る。漏《も》れ聞こえる言葉も、好意的なものばかりで、女だらけのこの籠で慈雨が憧憬《しょうけい》を一身に集めていることが知れた。

本人は、それにあまり頓着《とんちゃく》していないようだが。

「怜優様？」

慈雨に呼びかけられて、はっとする。

いつの間にか歩みが止まってしまっていた。

「――お体の具合が？」

気遣《きづか》う声に首を振《ふ》って、怜優は足を踏《ふ》み出した。下肢《かし》が少し怠《だる》いくらいだが、体には何の支障も無い。夜にあれだけ言葉を交わして、想いを伝えて、肌《はだ》を重ねたというのに――今朝、煌帝と怜優はほとんど言葉を交わさないままに別れた。

ただ、こぼした赤い「涙玉」だけは相手に託《たく》した。

赤色は、恋情の証《あかし》。

それを手渡《てわた》すということは、涙精族にとっては求愛に他《ほか》ならないが、それ以外の者にすれば変わった色の「涙玉」としての意味しか無い。

そして、その意味を怜優は煌帝に伝えるつもりは無かった。

これ以上、煌帝に怜優の存在を刻みつけても仕方がない。可哀想《かわいそう》だと、そう思った。

慈雨と紫桜は昨日の夜に怜優と煌帝の間で何があったのかは察したようだが何も言うこと無く、ただ頭を下げて言った。

ありがとうございます、と。

礼を言われるようなことをしただろうか、自分は。

好きな相手に請《こ》われて体を重ねただけ。

最後の思い出に――。

それが本当に正しかったのかどうか、怜優は自信が無い。ぎりぎりのところで、ずっと煌帝が胸に抱えていた感情を怜優が軽率《けいそつ》に引き出してしまった。伝え合ったところで、どうにもならない思いだと知っているのに。それでも、そうせずにはいられなかったのだ。

あんな――叶《かな》うかどうか分からない口約束にだけ、希望を託そうする煌帝の姿が。

その名を呼ぶ者も、心を許す者もおらず、こんなところでずっと偽りの笑顔《えがお》で過ごすのかと思うと堪《たま》らない。

怜優が出来ることで相手が望むことなら、なんでもしてやりたいと思ってしまった。

溜息《ためいき》を吐《つ》きながら怜優は、慈雨の後に続いて足を踏み出す。市の中を色とりどりの衣装を身にまとって歩く女たちの姿は、華やかで目まぐるしい。

曙陽の都から選《え》りすぐった商人たちが取り扱《あつか》う品は様々だった。

上品な甘い菓子《かし》。女性が好みそうな果実酒。凝った意匠《いしょう》の日用品。煌《きら》びやかな生地《きじ》。装飾品《そうしょく》に、宝飾品――。

暇《ひま》を出された女官たちは、その事実を恥《は》じて早々に玉兎殿を去ったそうだ。今いるのは、これからもここで暮らしていく後宮の女たちと、これから故郷に帰る地方の姫《ひめ》たちである。

その中で、ふとした会話が怜優の足を再び止めさせた。

「――黒い色の涙玉《るいぎょく》は無いのかしら？」

うちの姫様がご所望《しょもう》なのよ、と宝飾を取り扱う店で女官が言うのに、思わず耳をそばだてた。

市場に出回る「涙玉」は、白い色の方がずっと多い。それは殆《ほとん》ど、無理矢理《むりやり》に流す悲しみの涙が多いからだ。けれども――稀《まれ》に怒《いか》りのあまりに涙を流す者もいる。

そこから生まれるのが黒い「涙玉」だった。

「怜優様？」

今度こそ完全に止まった怜優の足に、慈雨が不思議そうな顔をした。

怜優の視線は、その言葉を発した女官に吸い寄せられる。

女官の言葉に対応する女商人は、腰《こし》も低く言った。

「申し訳ございません。先日、煌帝陛下の令が改めて下ったために『涙玉』の取り扱いは難しくなっておりまして。何より『涙玉』は貴重なものですし、黒い『涙玉』となると中々」

「あら、困ったわ。わたくしの仕える姫様が、どうしても黒い『涙玉』が必要だと仰《おっしゃ》るの」

「なぜ、黒い『涙玉』を？」

商人が不思議そうに問うのに、女官が言った。

「うちの姫様が聞いたところによると、好きな殿方《とのがた》に飲ませると惚《ほ》れ薬になるのですって」

「は――？」

聞き捨てならない言葉に、怜優はその女官めがけて走り寄った。

後ろで引き留める慈雨の声が聞こえたが、それに構っていられない。

「それは、間違《まちが》いです」

突然《とつぜん》、会話に割って入った怜優の存在に商人と女官が怪訝《けげん》な顔をする。

「あなた、どなた？」

女官が刺々《とげとげ》しい口調で言うが、後ろから慈雨が姿を現すと、ぱっとその顔が輝《かがや》いた。どうやら、この女官も慈雨に憧《あこが》れている一人らしい。

「怜優様？　どうなさいました？」

慈雨の問いに、怜優は目の前の女官から目を逸《そ》らさずに言う。

「この方が言ったことが、酷《ひど》い間違いだったので——」

「酷い間違い？」

怜優の言葉に柳眉《りゅうび》を顰《ひそ》めて、慈雨が女官に目を向ける。麗人《れいじん》からの視線に頬《ほお》を真っ赤に染めながら、恥ずかしげに科《しな》を作った女官が言う。

「わたくしは仕える姫から、黒い『涙玉』を手に入れるように言われただけですわ」

「『涙玉』を？」

その言葉に慈雨の眉《まゆ》が跳《は》ね上がる。先日の煌帝の令は浸透《しんとう》しているのだろう。「涙玉」と涙精族が深く結びついているのは周知の事実だ。慈雨の表情に商人が慌《あわ》てたように言う。

「もちろん、我が店で『涙玉』を取り扱ったりなどしておりません——」

弁明に構わず、怜優は言葉を続けた。

「この人は、黒い『涙玉』が惚れ薬になると言っていましたが——それは嘘《うそ》です。黒い『涙玉』は猛毒《もうどく》です。飲ませれば、相手は苦しんで苦しんで——手の施《ほどこ》しようの無いまま死に至ります」

仮に、その色の涙を流すことがあっても決して人の手に渡してはいけない。普段《ふだん》は薬師《くすし》として生きている涙精族をしても、取り扱いには細心の注意を必要とする劇薬だ。

間違った知識の下《もと》に、それを好きな相手に飲ませるだなんて——地獄《じごく》だ。自分に熱い視線を注いでくれるはずの相手がもがき苦しんで死んでいく様など、見たい者はいないだろう。

怜優の言葉に、慈雨が厳しい顔をして女官に言う。

「黒い『涙玉』が惚れ薬になるというのは、一体誰《だれ》からの話です？　わたしも、ここに仕えて長いですが、そんな話は聞いたことがありません」

話が思いも寄らない方向に広がって困惑《こんわく》しているらしい女官は、頬に手を当てたまま言う。

「わたくしは、姫君《ひめぎみ》から聞いただけで——姫君は、清家の夏蘭姫からお聞きになったと言っておりました。曙陽で今、評判の呪《まじな》い師がそう言っていたそうです。それに、あの御方《おかた》のご出身は宝石の名産地ですから、宝石には造詣《ぞうけい》が深いと——」

「清家の、夏蘭姫——？」

その言葉に怜優の背を走り抜《ぬ》けたのは、ぞっとするほど冷たいものだった。

今朝、別れた煌帝は——「内宮《ないくう》」で姫たちと共に過ごしている筈《はず》だ。女たちから酌《しゃく》を受け、その話に耳を傾《かたむ》ける。あくまで今日の主役は女たちで、この日ばかりは酌を断ることは出来ないと——いつだったかぼやくようにそう言っていた。

そこに、もしも——清夏蘭がいたら？

怜優を「愛玩《あいがん》動物」として飼育していた張本人。

あの姫が、その話を鵜《う》呑《の》みにしていたとしたら——？

閉じこめられていた半年の間に、怜優は白い「涙玉」に交じって、いくつか黒い「涙玉」も流していた。先日、全身を「涙玉」で飾《かざ》り立てていた紅華后が身につけていたのは全《すべ》て白いものだった。紅華后が好んでいたのが白い「涙玉」であれば、黒い「涙玉」は不要になる。ということは、清家の姫の手元には幾《いく》つかの黒い「涙玉」がある。

——それを、もしも、煌帝が口にしたとしたら。

ぞっとした。

怜優が流した涙が、あの優《やさ》しく寂《さび》しい男を——殺すのか？

顔から血の気を引かせる怜優に、慈雨が声をかける。

「怜優様——」

「慈雨さん」

困惑した顔の麗人を見上げて、怜優は唇《くちびる》を動かした。

「ごめんなさい」

それは、誰に向けた謝罪なのか分からなかった。

怜優を拾って匿《かくま》って後宮から出て行くように手配をしてくれた煌帝へなのか。今日という日まで怜優が後宮でつつがなく過ごすことが出来るように心を砕《くだ》いてくれていた紫桜へなのか。今日、怜優と共に曙陽の都へ出て、旅がつつがなく始まる手筈《はず》を整《て》えてくれていた慈雨に対するものなのか。それとも——未《いま》だに、怜優の身を案じてくれているだろう家族や一族の者へなのか分からなかった。

色々なことを台無しにして、色々な人に迷惑《めいわく》をかける。

それを分かっていながら、怜優は踵《きびす》を返した。

「怜優様——どこへ」

慈雨の言葉に答えることもせず、怜優は賑《にぎ》わう人波を縫《ぬ》うようにして駆《か》け出した。

決して人に使ってはいけないと言われる、黒い「涙玉」。

その毒を打ち消す薬効を持つのは、たった一つ。

恋情《れんじょう》を秘《ひ》めた赤い「涙玉」。

それを今、玉兎殿で持っているのは他《ほか》ならぬ——煌帝だけだ。

後ろからの慈雨の声に答えないまま、怜優はただ嫌《いや》な予感に突《つ》き動かされるように玉兎殿の中を駆けた。

＊＊＊＊

美しい宝石を瞳《ひとみ》からこぼす金糸雀《かなりあ》は、遂《つい》に鳥籠《とりかご》を飛び立って行ってしまった。

目の前で繰《く》り広げられる華やかな宴《うたげ》に欠片《かけら》も心が動かない。

表面だけの愛想《あいそ》で場をやり過ごしながら、煌牙の頭に浮《う》かぶのは手放した涙精族の青年のことだった。一晩中、溶《と》けそうなほどに肌《はだ》を重ねて愛の言葉を繰り返しても共に在れる筈も無い。

分かり切ったことだった。

それでもたった一夜の思い出を欲しがって、あの綺麗《きれい》な生き物を汚《よご》すように抱《だ》いた。

まるで子どもじみた煌牙の振《ふ》る舞《ま》いに腹を立てるでもなく、全てを受け入れた怜優は、幼子にするように煌牙の頭をかき抱《いだ》いて、忘れないと何度も繰り返して言った。

ささやかな感傷じみた願い。馬鹿《ばか》げたことを、と一蹴《いっしゅう》されても構わない言葉は、どこまでも真摯《しんし》に拾われて相手の胸の中に落ちたようだった。

——忘れないから、思い出さない。

そうハッキリと告げた声を、驚《おどろ》くほど鮮明《せんめい》に覚えている。

白と赤の混じり合った「涙玉」を琥珀《こはく》の瞳からこぼす様も、触《ふ》れた肌の感触《かんしょく》も、体温も、湿《しめ》った汗《あせ》の匂《にお》いも、何もかも——全ての記憶《きおく》が愛《いと》おしい。

微《かす》かに息を吐《は》いて、煌牙は思う。

——この記憶と、あの約束を頼《たよ》りにすれば、これからも自分はこの籠の中で生きていけるだろう。何より名目と煩《わずら》わしさばかりが多い椅子《いす》に座る理由が、一つ増えた。

今までよりも、ずっと強く。

彼が。彼の一族が。生きるのに不自由しない世を。

それを叶《かな》えるためには、煩わしいばかりの地位がどうしても必要だった。

あの金糸雀が、何物にも何事にも煩わされることなく、自由に羽ばたいて笑っていると思えば——苦でもない。それだけで生きていける。ただ、叶わぬ願いと知っていながら——出来ることなら共に生きていきたかったと思ってしまう。

不相応な願いを抱いた自身へ戒《いまし》めるような笑《え》みを浮かべて、煌牙は手の中にある杯《さかずき》の中身を飲み干した。入れ替《か》わり立ち替わり。もう何人の女から酌を受けたのか忘れてしまった。体には確かに酒精が回っているのに、頭の底が冴《さ》え冴《ざ》えとしていて、ちっとも酔《よ》った気がしない。

似たような化粧《けしょう》をして、煌《きら》びやかに着《き》飾《かざ》った女たちは、生命力の塊《かたまり》のような琥珀の瞳を一晩中見つめ続けた後だと、どれも同じようにぼやけて見えた。

――怜優は、もう玉兎殿を後にしただろうか。

そんなことを思いながら、空になった杯を手の中で弄《もてあそ》ぶ。

広い庭には楽の一団がいて、望月《もちづき》に関する曲を緩《ゆる》やかに奏《かな》でている。管弦《かんげん》の音を聞くともなしに聞いていると、また新しい女が酒器を手に傍《かたわ》らに侍《はべ》った。

「主上、どうぞお受け下さいませ」

ふわふわとした喋《しゃべ》り方は、いつかの夜に聞いた覚えがあった。

それこそ――あの金糸雀を拾った夜に。

機械的に差し出していた手を止めて、煌牙は目を眇《すが》めて相手を見やる。

丁寧《ていねい》に結《ゆ》い上げられた黒髪《くろかみ》が艶々《つやつや》と光を放っている。一分の隙《すき》も無く施された化粧と、贅《ぜい》を尽《つ》くして宝石をちりばめた衣装。

ようやく顔と名前が一致《いっち》した相手には、お世辞にも良い感情を持っているとは言えない。

清夏蘭。

涙精族《るいせいぞく》の青年を「愛玩動物」として後宮に運び込み、「涙玉」を搾《しぼ》り取っていた張本人だった。あの夜の一件で紅華后の機嫌《きげん》を酷く損《そこ》ねたと思っていたのに、どういう方法を使ったのか──今日の宴で後宮を後にするような事態は免《まぬが》れたらしい。

無意識に浮かぶ作り笑いと共に、手の中の杯を差し出せば相手が目元を染めながら言う。

「あの夜から主上のことを忘れた夜はありませんでした。一目見た時からずっと、お慕《した》いしていますわ」

上目遣《うわめづか》いに酒器を傾ける女の頬《ほお》は、化粧をしているというのに上気しているのがよく分かる。酒を注ぎながら告げられた言葉は、煌牙に何の感慨《かんがい》ももたらさない。

目の前の女は一体、煌牙の何を知って、どこに惹《ひ》かれたというのだろうか。父親譲《ゆず》りの容姿は、女たちからの評判が頗《すこぶ》る良い。それに付随《ふずい》する皇帝《こうてい》という肩書《かたが》きも、後宮にいる女たちにとっては魅力《みりょく》的なことはよく知っている。

それぞれが頭の中に理想の「栄煌牙」を思い描《えが》いている。

こちらの内面など知ろうともせずに、当然のように彼女たちが描いた理想像をこちらに押しつけてくるその瞳が、煌牙は嫌《きら》いだった。

偽《いつわ》りも打算も無い、真っ直《す》ぐに己《おのれ》を見る琥珀色《こはくいろ》の瞳を知ってから余計に。

そんなことを思いながら、当たり障《さわ》りの無い相づちを打って、女に注がれた酒を口に運ぶ。

その様子を見つめながら女──夏蘭は、うっとりとした口調で言う。

「ああ、主上。わたくしたち、今日やっと結ばれますのね──」

「──?」

この姫《ひめ》は酔っているのだろうか。

何を言っているのか。怪訝《けげん》に思って問いただすよりも先に、体が異変を訴《うった》えた。

どくり、と心臓の鼓動《こどう》が大きく鳴る。

思わず胸を押さえて崩《くず》れるように椅子の肘掛《ひじか》けに縋《すが》れば、夏蘭の夢見がちな声が聞こえた。

「主上。わたくしのことが好きでたまらなくなって胸が苦しいのですね？　わたくしも主上が好きで胸が苦しくて堪《たま》らないですわ」

——戯《ざ》れ言を。

俺が好きで堪らないと思う相手は、たった一人だけだ。

そう相手の言葉を両断してやりたいのに、言葉が出てこない。

唇のあたりに軽い痺《しび》れを感じた。手足から力が抜《ぬ》けていくのが分かる。心臓の鼓動があり得ないほど速く、息が苦しい。口を開いたところで、喉《のど》が強《こわ》ばって息が吸えないことに気付く。

まるで溺《おぼ》れているような感覚と共に、全身に激痛が走った。

椅子に座っていられずに、崩れ落ちたのと同時に、誰《だれ》かが悲鳴を上げた。

——薬か？

どうして、後宮の女たちは揃《そろ》いも揃って、薬ばかり使ってくるのか。脳裏《のうり》でちらりとそんなことを思いながら、息の出来ない苦しさに煌牙はもがいた。

肺が全て水に浸《つ》かってしまったように重い。心臓が脈打つ度《たび》に、体中に激痛が走る。

なんだ、これは——。

「主上？——どうされたのです、主上？」

今更《いまさら》、戸惑《とまど》いの色を帯びた夏蘭の声が滑稽《こっけい》だった。悲鳴が連鎖《れんさ》のように続いて、場が混乱の様相を帯びていく。そうなった時に場を鎮《しず》めるべきなのは煌牙の役目だが、今はそれが出来そうにも無い。

床《ゆか》の上に転がり、喉を押さえる。息が、出来ない。頭の中がチカチカと明滅《めいめつ》する。

——死ぬのか？

脳裏にそんな言葉が浮かぶ。この状態が続けば、遠からず意識を失うことは明白だった。

駄目《だめ》だ。咄嗟《とっさ》に、そんな思いが過《よ》ぎる。

駄目だ、まだ——死ねない。

煌牙は、あの金糸雀に生きやすい空を用意してやれていない。だから、まだ死ぬ訳にはいかない、とそう思った。それなのに体は言うことを聞かずに、ずるりと力が抜けていく。酷《ひど》く苦しく、激痛が走って呻《うめ》き声が漏《も》れる。

——怜優。

咄嗟に胸元《むなもと》に隠《かく》していた「涙玉」を探《さぐ》り出して掌《てのひら》に強く握《にぎ》る。言葉少なに別れる時に、そっと掌に落とされた鮮《あざ》やかな赤い色の「涙玉」。

怜優——。

こんなところで、俺は死ぬのか。

約束の一つも守ってやれないまま——こんなところで。

自分に絶望したところで、意識が激痛と酸欠で遠退《とおの》いていく。

「煌牙！」

幻聴《げんちょう》だろうか。今朝別れた最愛の声が鼓膜《こまく》を叩《たた》くのを聞きながら、煌牙の視界は暗転した。

＊＊＊＊

血相を変えて華《はな》やかな雰囲気《ふんいき》の玉兎殿を駆《か》ける怜優の姿は目立っていた。引き留めるような声が聞こえたが、それらも無視して怜優は「内宮《ないくう》」へと走った。

間に合わなかったら、どうしよう――。

ただの杞憂《きゆう》であれば良い。万が一のことを考えると、顔から血の気が引いていく。よりにもよって、煌帝を――煌牙を殺すのが、怜優が流した「涙玉」だったとしたら、悔《く》やんでも悔やみ切れない。

「怜優様――主上のところへ行くのなら、こちらです」

置き去りにしたはずなのに、いつの間にか追いついた慈雨の先導に従って、怜優はひたすらに足を動かした。怜優の姿に怪訝な顔を向ける者もいたが、横に付き従う慈雨の姿を見て口を噤《つぐ》んだ。そうしてたどり着いた先で怜優の目に飛び込んできたのは――最悪の光景だった。

「煌牙！」

喉から迸《ほとばし》ったのは絶叫《ぜっきょう》だった。

怜優の上げた声は、混乱に満ちた場ではそれほど目立つことは無く消えていった。

いつも以上に飾《かざ》り立てた紅華后が、己の椅子《いす》に座ったまま、感情的に喚《わめ》き立てている。眦《まなじり》が恐《おそ》ろしいほどにつり上がっていて、化粧を施《ほどこ》された顔がひび割れている。怒《いか》りの矛先《ほこさき》は何が起こったのか理解出来ない、というような顔で立ち尽くしている若い女に向けられていた。

「其方《そなた》、主上の御身《おんみ》に何をした！　一度目の失態は見逃《みのが》してやったというのに──恩を仇《あだ》で返すなど、なんたることを──！　わたくしの前で──わたくしの、主上に──！」

甲高《かんだか》い声が金属的な響《ひび》きと共に、若い女を責め立てる。

それに狼狽《うろた》えながら若い女が必死になって口を開いた。

「紅華后様──違《ちが》います、わたくしのせいではありません──わたくしも、なにがあったのかわからないのです──」

「其方が酌《しゃく》をした酒を飲んで主上は倒《たお》れたのだぞ！　一体なにを入れた？」

「わたくしは──ただ、主上をお慕いしていただけで──」

激しく詰《なじ》る声と、涙混じりの自己弁護。

遠巻きに何が起こったのか窺《うかが》う視線と、悲鳴が入り混じった場は混乱しきっている。

椅子から崩れ落ちたであろう煌帝に近寄って介抱《かいほう》する者は、誰もいなかった。怜優は不毛なやり取りに一瞥《いちべつ》もくれずに、床に倒れ伏《ふ》した男の傍らに膝《ひざ》を突《つ》いて名前を呼ぶ。

「煌牙？　煌牙、煌牙──」

それしか知らないように名を繰《く》り返して、怜優は相手の首筋に手を当てた。びっしょりと汗《あせ》をかいている。伝わってくる拍動《はくどう》は異常に速い。喉に手が当てられて、爪《つめ》が立てられていた。薄青《うすあお》色の瞳《ひとみ》は見ることが出来ない。瞼《まぶた》は堅《かた》く閉じていた。顔から血の気が引いていて、唇《くちびる》は軽く紫《むらさき》がかっている。

どう見ても、良くない状態だった。

怜優と共に煌帝の側《そば》に膝を突いた慈雨が、煌帝の様子を見て顔を強ばらせた。

「これは一体――」

呟《つぶや》く慈雨の声に答えないまま、倒れた煌帝に視線も向けず、紅華后にひたすら弁護を繰り返す女の服の裾《すそ》を怜優は強く引いた。女は今更、怜優の存在に気付いたように、きょとんと瞬《まばた》きをしながら下を向いた。こんな場面では不似合いなほど、緊張感《きんちょうかん》の無い不思議そうな視線に怜優の頭に浮《う》かんだのは――怒りだった。

一刻を争う場面だというのが、この場にいる誰にも分からないのだろうか。怒り狂《くる》う紅華后も、必死になって弁明する女も――そんな下らないことは、後でいくらでも出来るだろうに。

煌帝の身に何が起こったのか知りたいのならば、椅子の上になど座っておらずに駆け寄って名前を呼んで、体に触《ふ》れてやれば良い。それだというのに、そんな簡単なことすらせずに、ただ怒りに任せて声を張り上げるだけだなんて。そして、その怒りを恐れて誰も駆け寄って名前を呼んでやることも、身を案じてやることもしないだなんて。

――そんな酷いことがあってたまるか。

琥珀色の瞳に怒りを湛《たた》えながら、怜優は事実確認《かくにん》のための質問を投げかける。

「貴方《あなた》——酒に黒い『涙玉《るいぎょく》』を混ぜたんですね？」

「ええ、そうなの——」

だって、惚《ほ》れ薬が——先生がそう仰《おっしゃ》って——。

訥々《とつとつ》と続く女の説明を最後まで聞く気になれずに、怜優は女の服から手を離《はな》して、抱《だ》き込んだ体に呼びかける。

「煌牙——僕が上げた『涙玉』は？」

今朝、怜優が託《たく》した赤い「涙玉」を身につけているだろうか。

身につけて持っていなかったら、間に合わない。

呼吸が楽になるように服を緩《ゆる》めてやりながら、あちこち体を探るが目当ての物は見つからない。嫌《いや》な方の予感が的中してしまったのではないかという疑念に、全身から汗が吹《ふ》き出す。

このまま、煌帝が死んでしまったら——。

「嫌だ、煌牙——」

悲痛な声が口からこぼれ出る。

怜優が煌帝に託した、あの赤い珠《たま》はどこにも見つからない。

金烏城の私室に仕舞《しま》っているのだろうか。そうだったら、本当に間に合わないのでは——。

そんな焦燥《しょうそう》に駆られる怜優の目に留まったのは、苦しさにもがくための掌ではなく、意思を持って堅く握り込まれた煌帝の掌だった。

——ここだ。

ほとんど勘《かん》だった。

「煌牙、手を開けて――」

けれど、あの赤い「涙玉」はそこにあると――妙《みょう》な確信があった。

伸《の》ばした手で指をこじ開けようとしても、白く関節が浮き出るほど強く握り込まれた掌は動かない。それどころか却《かえ》って頑《かたく》なにきつく掌を握り込まれるばかりだ。

「煌牙――お願いだから、手を開いて」

あまりにも強情《ごうじょう》に動かない掌に焦《じ》れて名を呼び、願いを告げる。

すると、煌帝の唇が微《かす》かに動いた。

「――煌牙？」

嫌だ。

何度か微かに動いた唇が、今度は明確な意思を持って言葉を紡《つむ》ぐのに怜優は目を見開いた。

意識は朦朧《もうろう》としている筈《はず》だ。

それなのに、ここまで頑なに手を開かないと主張して、拒絶《きょぜつ》をされる理由が分からない。

分かるのは目の前の相手は放《ほう》っておけば死んでしまうということだけだ。

「煌牙、良《い》いから手を――」

開いて、と続けるよりも先に煌帝の唇が震《ふる》えて今度は音にして言葉を紡ぐ。

「いやだ――これだけは」

「――煌牙？」

気に入りの玩具《がんぐ》を取り上げられる寸前の子どものような口調で、煌帝がはっきりと言った。

「とらないでくれ」

もう、これしか、ないんだ。

それは、あまりにも悲痛な懇願《こんがん》だった。

怜優は絶句して、腕《うで》の中の相手の名前を呼ぶ。

「煌牙――」

堪《たま》らない気持ちで、その頭をかき抱《いだ》く。怜優が赤い「涙玉」を煌牙に託したのは、確かにあった己《おのれ》の恋情《れんじょう》を相手に持っていて欲しいという我が儘《まま》だった。

掌《てのひら》に収まってしまう小さな珠。

それ一つに必死になって縋《すが》らせるために渡《わた》した訳ではないのに――。

固く握《にぎ》られた掌の指を解《と》こうと、相手の掌に指を絡《から》めるようにして、怜優は静かに言った。

「煌牙――手を開いて」

返事は無い。

けれど、何度も根気強く続けていると――掌の力が僅《わず》かに緩んだ。

指の隙間《すきま》から、ちらりと赤い色が覗《のぞ》くのに怜優は思わず目を閉じた。

――ああ。

こんな風になってまで、ただひたすら——怜優の想《おも》いの欠片《かけら》を握りしめている人を見てしまえば、もう駄目《だめ》だった。

ごめんなさい。

浮かんだのはそんな言葉で、それは先ほど衝動《しょうどう》的に踵《きびす》を返して駆け出した時よりもずっと深い確信を持っていた。頭に浮かぶのは家族の顔。それから、一族の者たちの顔。

それに向かって、怜優は胸の中で謝罪の言葉を繰り返す。

——ごめんなさい。

もう、怜優は帰れない。

だって、目の前の男と出会ってしまったから。

飛べない鳥だと自嘲《じちょう》しながら籠《かご》の中に留《とど》まる男の側にいたいと、切実に思った。いつか、誰《だれ》かが。そんな悠長《ゆうちょう》なことを言っていられない。相手が飛べないというのなら、無理をして一緒《いっしょ》に飛ぶ必要などない。ただ、寄り添《そ》って共に歩めば良い。この籠の中で。寄り添ってさえずって共にあれば、それで良い。自由に飛び回る空に未練が無いと言えば嘘《うそ》になる。けれど、目の前の相手のためならば風切り羽など自ら落としてしまえる。

「煌牙——」

指の隙間から覗く赤い色を手放すのを躊躇《ちゅうちょ》する指に、怜優は甘やかすような声音《こわね》で言った。

「ちゃんと後であげるから、今は僕に返して」

お願い、という懇願に煌帝の指からようやく力が抜《ぬ》けた。掌の上に落ちた赤い珠を、いつかの夜と同じように己の口の中へ押し込んだ。

そのまま身を乗り出して、怜優は煌帝の唇《くちびる》に唇を重ねる。

あの時の歯をぶつけるような稚拙《ちせつ》なそれとは違う。昨夜、散々に甘やかしてぐずぐずに口の中を溶《と》かしてくれた相手の舌先を真似《まね》しながら、怜優は赤い珠を煌帝の口の中に押し込んだ。

唇を離《はな》して至近距離《きより》で名前を呼ぶ。

「煌牙――」

飲んで、と言う怜優の願いに、煌帝の喉仏《のどぼとけ》が緩やかに上下する。

それにほっとしながら相手の頭を抱き込むようにして、怜優は息を吐《は》いた。

効いてくれ、と願う。

赤い「涙玉」の薬効については、知識として知っているだけで、その効能を知らない。元々、数が少ないからだ。果たして黒い「涙玉」の毒としての効果がどれほどなのか――そして、それを打ち消すのに怜優は間に合ったのか。その確信が持てない。

「煌牙」

色の失《う》せた唇をなぞりながら、何度も何度も名前を呼んで、脈拍《みゃくはく》を確かめる。そうしていると、僅かに相手の瞼《まぶた》が震えた。ほんの少し開いた目――焦点《しょうてん》の合わないぼやけた薄青《うすあお》色が、怜優の姿を捉《とら》えて、唇が微かに動いた。

――怜優？

不思議そうに声無き声で名前を呼ぶ相手に、怜優は微笑《ほほえ》んだ。触《ふ》れれば戦慄《わなな》いた唇は、更《さら》に言葉を吐き出そうとして、力なく閉じた。薄《うす》く開いた目も、また閉じてしまう。先ほどよりも少し緩やかになった拍動《はくどう》にほっとしたところで――怜優の耳に届いたのは、耳障《みみざわ》りな金切り声だった。

煌帝の体を抱《かか》えたまま、怜優はそちらへ冷め切った一瞥《いちべつ》を向ける。目を見開いた紅華后が、ぶるぶると体を震わせながら、ぎらぎらとした双眸《そうぼう》で怜優を見つめていた。

「其方《そなた》――やはり、わたくしの目を盗《ぬす》んで御身《おんみ》に触れたのだな？　この卑《いや》しい牝《めす》が――」

激昂《げきこう》しながらそんな言葉を吐き出す紅華后に、怜優が覚えたのは軽蔑《けいべつ》だった。この期《ご》に及《およ》んでそんなことしか考えられないのかと思う。

少しでも――本当に、少しの欠片でも煌帝自身を案じる心があれば、一番先に口を衝《つ》いて出る言葉はもっと違《ちが》うものである筈だろうに。

おぞましい、という思いも積み重なれば段々と慣れていく。最後に残ったのは、決して相容《あいい》れることのないだろう相手の価値観に対する嫌悪感《けんおかん》だけだった。煌帝の体を抱き込んだまま、動じることも無く堂々と紅華后を見返す怜優の姿は、紅華后の怒《いか》りの火に油を注ぐのに十分だったらしい。

「其処《そこ》にいる者を捕《と》らえよ！　恐《おそ》れ多くも主上の身を汚《けが》した罪人ぞ！」

張り上げられた声に、ようやく女官《にょかん》たちが動き始めた。ただ大半の者たちが、何が起こったのかを理解できていないようだった。動きは酷《ひど》く緩慢《かんまん》で、命令そのものにも戸惑《とまど》っているのがよく分かる。紅華后がそんな女官たちの動きに苛立《いらだ》ったように叫《さけ》んだ。

「其方達の目は節穴かえ？　たった今、主上に妙な物を其奴《そやつ》が盛ったのが見えたであろうに──其奴は主上に害為《な》す罪人ぞ！」

その言葉にざわめきと動揺《どうよう》が波紋《はもん》のように広がっていく。一部始終をその目で見ていた慈雨が、柳眉《りゅうび》を跳《は》ね上げて紅華后の方を見た。その唇が抗議《こうぎ》の言葉を紡ごうとするのを制して、怜優は腕の中の煌帝の体を慈雨に託した。

「金烏城に──連れて行ってあげて下さい。ここではなく、あちらで休ませてあげて医者を」

行き過ぎた執着《しゅうちゃく》のせいで、紅華后は本質を見失っている。煌帝への関心が逸《そ》れて怜優に目が向かっているのなら、その目は引きつけておいたままの方が良い。

「怜優様？」

戸惑うように名前を呼ばれるのに、怜優は微笑んで立ち上がる。

──半年前の夜の続きだ。大したことは無い。

立ち上がった怜優は紅華后に軽蔑の目を向けて、そのまま くるりと身を翻《ひるがえ》す。

「捕らえよ！」

興奮しきった金切り声を聞きながら、怜優はその声から逃《に》げるために思い切り床《ゆか》を蹴《け》って駆《か》け出した。

＊＊＊＊＊

「怜優」

目を覚ました瞬間《しゅんかん》に、なぜかその名前を呼んでいた。

見慣れた私室の天井《てんじょう》を見上げていれば、体のそこかしこに痛みを覚えて煌牙は眉《まゆ》を寄せる。息をする度《たび》に肺が軋《きし》むように痛んで、頭が重い。唐突《とうとつ》に不調を訴《うった》える体に何があったのかをぼんやり考えていれば、聞き慣れた声が横からかかった。

「お目覚めになりましたか、主上」

安堵《あんど》したように顔をのぞき込んでくるのは、乳兄弟《ちきょうだい》にして宰相《さいしょう》として右腕《みぎうで》をつとめる男だ。

「──瞭明」

掠《かす》れた声で名前を呼べば、神妙《しんみょう》な顔をしながら相手が言う。

「ご気分はいかがです？　気を失われてから、もう四日になります。医者を呼びましょう」

「──待て」

矢継《やつ》ぎ早な言葉に、意識を失う前の最後の記憶《きおく》が蘇《よみがえ》ってくる。

妙《みょう》なことを口走る清家の姫《ひめ》。その酌《しゃく》を受けた直後に感じた体の不調と──幻聴《げんちょう》に違いない愛《いと》しい相手の声。とりあえず一服盛られたことは確実だろう。煌牙は溜息《ためいき》混じりに言う。

「何があった？」

煌牙の言葉に、瞭明が淀《よど》みなく答えた。

「清家の姫が、主上の酒に黒い『涙玉《るいぎょく》』を砕《くだ》いたものを混ぜたそうです」

「──なんだと？」

あまりにも予想外の言葉に怪訝《けげん》な声を出せば、瞭明が続けて言った。

「本人は惚《ほ》れ薬を盛ったつもりだったようですが——黒い『涙玉』の効能について知っている者は知っています。どうあれ主上の体に害を為した事実は消しようがありません。清家にも、本人にもそれなりの処分が必要かと」

「——待て。黒い『涙玉』だと？」

「はい」

「あれに——解毒剤《ざい》は無いだろう」

盛られたら最後。悶《もだ》え苦しみながら死ぬことしか無い劇薬。いつだったか読んだ書物にはそう記載《きさい》されていた。それなのに、それを盛られた自分がどうして生きているのか。

素朴《そぼく》な疑問を口にすれば、瞭明が沈黙《ちんもく》して——それから言った。

「主上は解毒剤をお持ちでしたので。清家の姫に毒を盛られても、すぐに対処をすることが可能でした。そのために、お命が助かったのです」

「解毒剤？　そんなもの俺は持っていないぞ」

瞭明が何を言っているのか分からずに訊《き》けば、相手が再び少しの沈黙の後に言う。

「お持ちだったでしょう、赤い『涙玉』を」

思いもかけない指摘《してき》に、煌牙は驚《おどろ》いて掠れた声で訊いた。

「——それが、なんだ？」

怜優からそれを貰《もら》ったことは、瞭明にも話していなかった事柄《ことがら》だ。それをどうして相手が知っているのか――と思いながら、はっと気が付いて煌牙は己《おのれ》の掌《てのひら》を見る。苦しみながら懐《ふところ》から取り出して、決して手放すことが無いようにと、きつく握《にぎ》り締《し》めた筈《はず》の赤い珠《たま》は――どこにも見当たらなかった。その事実に、すっと顔から血の気が引く。

あれを無くしてしまったのだとしたら、煌牙は、この先どうやって、あの金糸雀《かなりあ》を思い出して生きて行けば良いのだ。

空の掌を呆然《ぼうぜん》と見つめる煌牙に、瞭明が言う。

「黒い『涙玉』の唯一《ゆいいつ》の解毒剤は、赤い『涙玉』だそうです」

「そんなことを――誰《だれ》が言っていた？」

一般《いっぱん》的に知られている「涙玉」の色は、白と黒の二つだけだ。緑や黄色という色がある、というのは他《ほか》ならぬ涙精族の青年の口から聞いて煌牙も初めて知った。更に赤い色の「涙玉」があるのを知ったのは、あの別離《べつり》の前夜だ。

その涙にどんな意味があるのか、あの青年は最後まで教えてくれなかったけれど――。

最愛を思い出す術《すべ》が消えたことに平静さを失いながら問えば、瞭明が言った。

「怜優殿《どの》が仰《おっしゃ》っていました」

「――は？」

それは玉兎殿を出て、自由になった筈の金糸雀の名前だった。

瞭明の口から、なぜその名前が出てくるのか。

理解出来ずに顔を上げれば、瞭明が淡々《たんたん》と続ける。

「主上の命をお助けになったのは、玉怜優殿です」

「馬鹿《ばか》な──」

「いいえ。玉兎殿の市で黒い『涙玉』に関する噂《うわさ》を聞いて、咄嗟《とっさ》に引き返されたそうです。その先で主上がお倒《たお》れになっているのを見て、赤い『涙玉』を主上に飲ませられました。怜優殿のお陰《かげ》で主上のお命は無事だったのです」

「──」

煌牙は絶句した。

ならば、あの幻聴だと思った名を呼ぶ声は──本人のものだったのか。

そんなことを思いながら、煌牙は言った。

「怜優は──どうした？」

あの宴《うたげ》の日以外、後宮の者たちが外へと出て行くことは許されていない。煌牙に薬を与《あた》えた後、すぐにその場を立ち去ることが出来ていれば良いが、そうでなければ──。

煌牙は、怜優を帰してやると約束をしたのだから。

その約束が反故《ほご》にされるようなことはあってはならない。

煌牙の言葉に、瞭明が難しい顔をして沈黙した。

それから、そっと言葉を紡《つむ》ぐ。

「怜優殿は今、玉兎殿の牢《ろう》に入れられています」

「は──？」

あまりにも予想外の言葉に、煌牙の口から素《す》っ頓狂《とんきょう》な声がこぼれ落ちる。

怜優がいなければ、どんな意図であれ煌牙は清家の姫に毒を盛られて命を落としていたのである。言うなれば命の恩人だ。それを丁重《ていちょう》に扱《あつか》うでもなく牢に入れるというのは、どういうことか。今頃《いまごろ》なら、とっくに外界の自由を満喫《まんきつ》しているはずの存在が、どうして牢になど閉じめられなければならないのか。

何より、金烏城の牢ではなく、玉兎殿の牢というのが煌牙の不信感を煽《あお》る。あそこは紅華后の領域で、おいそれと手を出すことが出来ない。

そんな煌牙の心の内を読んだように瞭明が言った。

「妹が付きっきりで護衛に当たっています。私の方からも、主上が目を覚ますまで決して手出ししてはならないと念押しを入れました。ですから、怜優殿は無事です。ご安心ください」

「牢に入れられるべきなのは、怜優ではなく清家の姫だろう――そちらはどうなっている？」

「清家の姫は、玉兎殿の自室で謹慎《きんしん》を言い渡《わた》されています」

「は――？」

どうして毒を盛った張本人が、解毒《げどく》をした者よりも優遇《ゆうぐう》された扱いを受けているのか。

苛立《いらだ》ちを露《あら》わにする煌牙に向けて、優秀《ゆうしゅう》な宰相は淡々と述べた。

「紅華后様の采配《さいはい》です」

「なんだと？」

「怜優殿は――意識を失われた主上に、口移しで『涙玉』を飲ませたそうです。それが不敬にあたると、紅華后様はそう仰っています」

ぶわりと腹の底から怒《いか》りがわき上がって、目の前が眩《くら》んだ。それで煌牙が命を繋《つな》いでいるというのに、手段の是非《ぜひ》など追及《ついきゅう》している場合では無いだろうに。

——あの御方《おかた》は。本当に、何を考えている。

理性的とは程遠《ほどとお》い振《ふ》る舞《ま》いに、奥歯を噛《か》みしめる煌牙に瞭明が言った。

「紅華后様は主上に対する不敬と玉兎殿での閨《ねや》の作法を破ったとして、怜優殿を罰《ばっ》することを望まれていますが——私が止めました。主上がお目覚めになるまで、決して怜優殿には何もしてはいけないと。不服そうでしたが、主上が采配を下すべき事柄だと伝えて、紅華后様のご実家にも連絡《れんらく》をして竣一族の言葉もありまして——なんとか踏《ふ》みとどまっているようです」

「そうか」

瞭明の言葉に答えてから、煌牙は息を吐《は》く。

走る痛みは体のものなのか、それとも心のものなのか。煌牙には判断が付かなかった。

そんな煌牙の様子を窺《うかが》いながら、瞭明が言う。

「清家の姫が主上に黒い『涙玉』を盛った理由ですが、曙陽の都で評判の呪《まじな》い師が、黒い『涙玉』は、惚れ薬になるという話を吹《ふ》き込んだそうです。呪い師の身柄《みがら》は既《すで》に確保してあります。生まれは、栄燦達様の領地で、燦達様とその呪い師も親交があるようです」

「なるほど」

燦達が堅物《かたぶつ》の宰相《さいしょう》を苦手としているように、瞭明も根も葉もない噂話で人心を惑《まど》わせる煌牙の異母弟を苦々しく思っていた。迅速《じんそく》に動けたのは、それなりの人員を割《さ》いて以前から異母弟の動向を探《さぐ》っていた賜物《たまもの》だろう。

そんなことを思いながら、口から滑《すべ》り出たのは別のことだった。

「怜優は——ここにいるのか」

「いらっしゃいます」

「そうか——」

また、煌牙はあの別離の痛みを味わわなければいけないのだろうか。

考えるだけで目の前が暗くなる。一度目、手放すことに耐《た》えられたのは彼の居場所がここではないとなんとか自分に言い聞かせたからだ。しかし、手放してやろうと思った金糸雀は、こちらの身を案じて——ただ、それだけの理由で自ら籠《かご》から出て行く機会を逃《のが》してしまった。

そして、そのせいで捕《と》らわれの鳥となっている。

あまりにも怜優らしい行動に、煌牙は深く息を吐いて——目を閉じる。

——駄目《だめ》だ。

開け放した扉《とびら》を前にしても、不確かな噂一つで、自分の下《もと》へ舞い戻《もど》ってきてしまった。

その心が、どうしようもなく愛《いと》おしくて堪《たま》らない。

「瞭明——」

「はい」

「手を貸してくれ——」

起きる、と告げる煌牙に瞭明が怪訝《けげん》な顔をした。

「まだ、本復されていないでしょう」

大人しくするべきだ、と言外に伝える宰相に、煌牙は言った。

「怜優を迎《むか》えに行く」

「――」

「迎えに行きたい。だから頼《たの》む、瞭明――」

懇願《こんがん》に対して、瞭明が静かに答えた。

「――御意《ぎょい》」

腕《うで》を回されて体を起こせば、あちこちの関節が音を立てて軋《きし》む。これでは歩くのも儘ならないだろうと思いながらも、瞭明に肩《かた》を貸されてふらつきながら煌牙は立ち上がった。

――怜優。

自由に空を飛び回るべきだと、そう思ったから逃《に》がしてやろうと思ったのに。

夢か現《うつつ》か。何度も名前を呼んだ声と、掌の感触《かんしょく》を思い出す。

目を閉じれば簡単に浮《う》かぶ琥珀色《こはくいろ》の瞳《ひとみ》に、煌牙はひっそりと呟《つぶや》いた。

「――お前は本当に、俺の心を乱すのが上手《うま》いな」

「――？　主上、何か？」

呟きは瞭明の耳に届かなかったらしい。聞き返されるのに首を振って、煌牙は危《あや》うさの残る動作で足を踏み出した。

玉兎殿の牢に、怜優が入れられて既に四日が経《た》つ。

煌牙の意識は未《いま》だに戻らないらしい。その事実に胸が軋む。何か出来ることが無いか、考えるだけでどうにかなってしまいそうだった。

「怜優様――どうか、お休みになって下さい」

「いえ、慈雨さんの方こそ――」

逃げ出した怜優は、多勢に無勢ということもあって、すぐに紅華后の手の者たちに捕らえられた。今すぐにも首を刎《は》ねてしまえ、と言いたげな紅華后を制したのは、煌牙の身を無事に金烏城に運んだ慈雨が、その兄から持ち帰ってきた言葉である。

今回の件、主上が目覚め次第《しだい》、詳《くわ》しく事を調べる必要がある。そのため、手出しは無用。

いつになく厳しい宰相からの通達に、渋々《しぶしぶ》と紅華后は引き下がったそうだ。

しかし、怜優の身を牢に入れることだけは頑《がん》として譲《ゆず》らなかった。大人しく牢に入れられた怜優の側《そば》に、慈雨はほとんど付き添《そ》っている。紅華后による暗殺を警戒《けいかい》してのことだ、というのは口に出さなくても誰《だれ》の目にも明らかだった。

煌牙の身を案じて眠《ねむ》ることがままならない怜優と、常に気を張って警戒を怠《おこた》ることの出来ない慈雨は――互《たが》いに酷《ひど》い顔をしていた。

煌牙の身に何かあれば、すぐに宰相である慈雨の兄から連絡が来る手筈《てはず》になっている。

そう言われても、少しも安心が出来ない。

何かあってからでは――遅《おそ》いのだ。

側にいなければ、何も出来ない。離《はな》れてしまえば、相手が何をしているのか、何に苦しんでいるのか。全《すべ》てが分からなくなる。それを切に感じて怜優はきつく目を閉じる。

どうして、こんなところに一人置いていこうと思えたのだろう。

側にいても何も出来ないが、遠く離れてしまえば――もっと何も出来ない。手を握《にぎ》ることすら、慰《なぐさ》めの言葉をかけてやることすら。そんな微々《びび》たることも出来ないという事実に、怜優自身が耐えられそうにない。きつく両手を合わせて、ただ相手の無事を祈《いの》る。どれだけ繰《く》り返したか分からないそれを無意識に行ったところで――不意に、銅《ど》鑼《ら》の音が聞こえたのに、怜優は弾《はじ》かれたように顔を上げた。

銅鑼の音が響《ひび》く。それが意味することは、たった一つだ。

怜優は牢の柵《さく》越《ご》しに、慈雨と顔を見合わせた。

「煌牙は――」

意識が戻ったのだろうか。

それを問うよりも先に、ざわめきが近付いてくる。牢の外で制止するような声が響いたが、すぐに扉が開いて――そこに待ち望んだ姿が現れる。

「煌牙――」

姿を見せた相手は紫桜にその体を支えられて、ようやくと立っている風情《ふぜい》だった。

顔色が優《すぐ》れない。どこか痛むのか顔を顰《しか》めている。そんな相手は牢《ろう》の中を見て、厳しい顔をして後ろで戸惑《とまど》うような顔をする看守に向けて命じた。

「牢の鍵《かぎ》を外せ」

「は――？　いえ、しかし――紅華后様が――」

狼狽《うろた》えた看守の言葉に、冷え冷えとした口調で煌牙が言った。

「ここは誰の後宮だ？　お前は玉兎殿の本当の主《あるじ》が誰か忘れているのか？」

煌牙らしくない、強い口調だ。そんなことを思っていると、煌牙の剣幕《けんまく》に恐《おそ》れをなしたのか、看守が怜優の入れられている牢に飛びつくようにして鍵を外した。慈雨が牢の扉を開けてくれるのに、怜優もふらつきながら牢を出て手を伸《の》ばす。紫桜に体を支えられているのを忘れたかのように煌牙も足を踏み出した。

互いが互いを支えるようにして抱《だ》き合う。回された腕の感触と体温を感じるのに、それが本物なのかどうか実感が湧《わ》かない。

そんな自分に歯がゆい気持ちでいれば、耳元で煌牙が息を吐いて笑って言った。

「――情けない出迎《でむか》えになってしまった」

砕《くだ》けた調子で呟く、軽い声。

それは間違《まちが》いなく怜優が知っている煌牙のもので――相手に回した腕の感触がようやく現実感を持って怜優に届いた。

煌牙が、生きている。

きちんと生きて、息をして、怜優のことを見ている。

「――った」

「怜優？」

「よかった」

煌牙、と囁《ささや》けば少し体が離されて、薄青色《うすあお》の瞳が怜優の目をのぞき込んだ。

そして、煌牙がどこか泣きそうな顔で言う。

「お前は――本当に、綺麗《きれい》だな」

「え――？」

相手の伸びた指先が、怜優の眦《まなじり》に触《ふ》れた。そして、そっと開かれた掌《てのひら》には――鮮《あざ》やかな黄色い珠《たま》が載《の》せられている。

「あ――」

無意識に涙《なみだ》を流していたことに気が付いた。瞬《まばた》きをするごとに、ぽろりと――零《こぼ》れるそれが珠になるのに、慌《あわ》てて相手の胸元《むなもと》に顔を押しつける。

看守の目がある。ここで怜優が涙精族だと知られると、余計に厄介《やっかい》なことになる。そう思って涙をなんとか止めようとするのに――意識をした途端《とたん》に涙があふれ出して止まらなくなる。せめて、こぼれ落ちることが無いようにと顔を押さえる怜優の手に、煌牙の手が重なった。

「この者の身柄は、俺が金烏城で預かる」

きっぱりと告げる煌牙の声に、看守が戸惑いを声に乗せて言う。

「しかし、それでは紅華后様が――」

「文句があるのなら、俺に連絡《れんらく》を寄越《よこ》すように伝えておくと良い。――紫桜、お前には金烏城での怜優の世話を頼みたい。慈雨、警護ご苦労だった。このまま、金烏城まで付いて来てくれ。警護は引き続き、お前に頼む」

言ったまま怜優の体を抱き込むようにして、煌牙が歩き出す。看守が背後から縋《すが》るような声を出していたが、煌牙はそれに何の言葉も返さなかった。

怜優は、そのまま煌牙に連れられて――一年ぶりに玉兎殿の外へ出た。

「もう大丈夫《だいじょうぶ》だ」

そんな声と共に、重ねられていた掌が離れていく。途端に、溢《あふ》れるように「涙玉」が床《ゆか》に散らばっていく。鮮やかな黄色が何を意味するのかは一目瞭然《いちもくりょうぜん》で、己《おのれ》の感情が筒抜《つつぬ》けなことが恥《は》ずかしい。けれども、壊《こわ》れたように涙が止まらない。

そんなことを思う怜優の目元に優《やさ》しく指先を滑《すべ》らせて、煌牙が言う。

「――叶《かな》えてくれたな」

「――？」

「言っただろう。どうせ、お前から『涙玉』を貰《もら》うのなら――黄色か緑色が良いと」

それは随分《ずいぶん》前に交《か》わした戯《ざ》れ言のような会話だった。床に散らばる黄色の「涙玉」を眺《なが》めて、これ以上無いほど優しい声で煌牙が言った。

「俺のために流してくれた物なら俺のものだろう？　想像していたより、ずっと綺麗だ」

お前は――俺が生きているだけで、これほど喜んでくれるんだな。

そう言う煌牙の薄青色の瞳《ひとみ》は、穏《おだ》やかに凪《な》いでいた。その瞳を見つめながら、怜優は震《ふる》える声で名前を呼んだ。

「煌牙――」

側に置いて欲しい。

口から滑り出たのは、そんな言葉だった。

煌牙が目を見開くのに、怜優は必死になって言葉を紡《つむ》ぐ。

「なんでもするから」

側に居られるのならば、肩書《かたが》きなんて必要無い。侍従《じじゅう》でも部下でも、なんなら薬師《くすし》でも良い。ただ、煌牙の身に何かあった時に側に駆《か》け寄って掌を握ってやれるようになりたい。

そんな願いを口にすれば、煌牙がくしゃりと泣きそうな顔で笑った。

「お前は――本当に。見かけに寄らず男前で、困ってしまうな」

その声に浮《う》かぶのは戸惑いでも、拒絶《きょぜつ》でもなく――純粋《じゅんすい》な喜びだった。

「煌牙――」

「なにもしなくて良い。お前がお前であれば、それで良い。側にいて欲しいのは俺の方だ」

そう言って煌牙が怜優の手を絡《から》めるように取った。

「お前が俺なんかのことを助けに、こんな籠《かご》の中に引き返してくるから――。もう俺は、思い出だけでお前を手放す、なんてことしてやれない」

薄青色の瞳が、怜優を真っ直《す》ぐに見つめる。

「俺は――お前より、よっぽど欲深《よくぶか》いんだ。侍従や部下や、ましてや薬師なんて――そんな関係では満足出来ない。俺の隣《となり》に、誰《だれ》よりも何よりも一番近いところに、お前が欲しい」

「――煌牙？」

「お前が隣にいてくれるなら、籠の中でも生きていける。だから――」

どうか、一番近くに。

懇願《こんがん》と共に祈るような口づけが落とされるのを、怜優は戸惑いながら受け止めた。

終章

玉兎殿で何者かに毒を盛られ、煌帝が昏倒《こんとう》したという話は、金烏城から都である曙陽――そして国中へと、あっという間に広がった。

後宮での出来事は、大抵《たいてい》は内密に処理をされ表に出ることは無い。寝所《しんじょ》の秘事とされるのが通例である。今回の事が表沙汰《おもてざた》になったのは、宰相《さいしょう》の妹である慈雨が現場に居合わせ、金烏城に昏倒した煌帝の体を運び込んだからだ。意識不明の煌帝を医師に診察《しんさつ》させ、妹からの証言を聞いた宰相は、事態を重く見て事の真相究明に乗り出した。

煌帝が一連のことについて問いただすために、金烏城にある大広間――「清輝《せいき》の間」に、事の関係者と金烏城の主立った者たちを集めたのは、意識不明の状態から快復して十日が経《た》ってからである。

「怜優」

煌牙の声に、怜優は緊張《きんちょう》で体を強張《こわば》らせながらその手を取った。

怜優の形《なり》は、玉兎殿で暮らしていた頃《ころ》と変わらない――女の装いである。これから、そして一生続くのであろう大舞《おおぶ》台《たい》の始まりに、無意識に身震《みぶる》いをする。

銅鑼《どら》の音に続いて、煌牙の手に引かれながら「清輝の間」に通されて、怜優は目を見開く。

大広間には衣装も様々な人たちが大勢ひしめきあうようにして額《ぬか》ずいている。これでも最小限に絞《しぼ》った、という宰相の言葉を思い出し、人の数に改めて慄然《りつぜん》とした。

「其方《そなた》——なぜ、主上と！」

怜優に鋭《するど》い声を向けたのは、紅華后であった。

公《おおやけ》の場に出ることもあってか、以前に見かけたよりもぐっと派手な装いをしている。前皇后ということもあって、他《ほか》の者たちよりは一段出た席を用意されているが、それでも皇帝《こうてい》の椅子《いす》には及《およ》ばない。紅華后の側《そば》には、年かさの女官《にょかん》が一人侍《はべ》っているが——その女官の声にも紅華后は耳を傾《かたむ》ける様子は無い。

紅華后の席の近くには、煌牙の異母弟にあたる栄燦達がふてくされたような顔で座っていた。また今回の事の張本人である清夏蘭も、父親である清家の当主に付き添《そ》われながら、不安を湛《たた》えた顔で座っている。そうそうたる顔ぶれだった。

怜優は紅華后の言葉に答えることなく、煌牙に導かれるままに席に着く。

広間に集まる者たちを睥睨《へいげい》する皇帝の椅子。その横にある椅子に、怜優が導かれて腰《こし》を下ろす様を見て、どよめきが起こる。

紅華后が金切り声を出した。

「主上！　何を考えておられる——！　其処《そこ》は、其処は——わたくしが——わたくしの椅子」

怜優の座す椅子に向けられる目が血走っている。そんな紅華后の様子に、広間に集まる者たちが怪訝《けげん》な視線を向けた。前皇后は先代皇帝が亡《な》くなってから殆《ほとん》ど表舞台に出てきていない。

煌牙に対する妄執《もうしゅう》じみた思いを知っている者は、限りなく少ない。

皇帝の椅子に座した煌牙は、冷ややかな声で言った。

「この椅子に誰が座るかは俺が決める」

そんな態度を煌牙が取ることは予想外だったらしい。紅華后が頬《ほお》を打たれでもしたような顔で、呆然《ぼうぜん》と煌牙を見つめる。それから頼《たよ》りない声で呼びかけた。

「主上――?」

呼びかけに答えないまま、煌牙は己の椅子に座り、控《ひか》えていた宰相の瞭明に目を向けた。

事の次第《しだい》と経過について、理路整然とした説明がよく響《ひび》く声でされる。大体の者は事情を心得ているのであろう。それについての混乱は起こらなかった。

瞭明のよく通る声を聞きながら、怜優は手を伸《の》ばして煌牙の手に触《ふ》れる。先ほどの言葉を、煌牙が表情のままの心で口に出来ているのではないことは知っていた。指先が冷え切っている。煌牙の視線は前を向いたままだった。けれど、冷えた指先はしっかりと怜優の手を握《にぎ》り返した。

宰相の事の次第についての説明が終わる。まず口を開いたのは煌牙の異母弟だった。

「主上が何者かに一服を盛られたことは知っています。しかし、それは後宮の出来事でしょう。どうして私が呼ばれなければならないのですか」

異母弟はいえ、金烏城での官位は無い。それなのに呼び立てられては、まるで今回の件と関係があるようで外聞が悪い。事故とはいえ、皇帝に毒を盛った姫《ひめ》とその血縁《けつえん》と並べられるのも気分が悪い。そう不満を露《あら》わにする声に、宰相の瞭明が淡々《たんたん》と言った。

「栄燦達様は、この件に何も関係が無いと?」

「あるわけがないでしょう。私は玉兎殿になど関《かか》わりは一切《いっさい》ありません」

言い切る燦達の言葉に、煌牙が言った。

「その言葉は本当か、燦達」

「ええ、そうです。兄上、いえ——主上の寝所に用事など」

兄、という言葉に力を入れる燦達の小細工に動じることなく煌牙が言った。

「その割りに——清家の姫に取り計らいをするよう俺に頼《たの》んできていたな？　それから紅華后とは熱心に書状を交《か》わしていたようだが」

さらりと煌牙が口にした言葉に、燦達の顔が引きつる。異母弟のことをそのままにした煌牙が、未《いま》だに怜優のことを睨《にら》み付ける紅華后に視線を向けた。

「紅華后様——」

先ほどの瞭明の言葉が、どれほど頭に届いているのか。怜優を嫉妬《しっと》の視線で見つめたままの紅華后は、憎々《にくにく》しげな声で言う。

「主上、其処の女は主上の何なのです」

「今、俺が訊《き》きたいのは、この椅子に誰が座るのが相応《ふさわ》しいかということではありません。貴方《あなた》が俺の異母弟と書状を交わしていたかどうかです」

「燦達殿《どの》からの書状など珍《めずら》しいことでもありません。そんなことより——其《そ》の椅子に、どうして其の椅子に、其の女が座っているのか！　説明を！」

「燦達と書状を交わしていることは認めるのですね？」

「紅華后様！」

激情のまま、あっさりと煌牙の言葉を肯定《こうてい》する紅華后に、燦達が舌打ちをしそうな声で叫《さけ》んだ。それに紅華后がようやく事の次第に気付いたような怪訝な顔をして口を閉じる。皇帝の身を狙《ねら》う者がいる、という大事よりも——その隣の椅子にばかり関心を示す紅華后の様子に、広間の者たちも異様なものを感じているようだった。沈黙《ちんもく》が広がっていく。

それを打ち破るように咳払《せきばら》いをして、燦達が軽《かろ》やかな声で言う。

「紅華后様と交わしていた書状は、季節の挨拶《あいさつ》の類《たぐい》です。大したものではありません」

「それはこちらが判断する」

切って捨てる煌牙の声に、燦達が気分を害したような顔をしながら言う。

「私も紅華后様の義理の息子《むすこ》なのですから——書状ぐらい交わすでしょう。その中身がそんなに気になるのですか？」

自身が流した下世話な噂《うわさ》との結びつけを匂《にお》わせるような燦達の言葉に、全く動じたところを見せずに煌牙は言う。

「それが俺の身の安全に関わるものなら、興味を持って当然だろう」

「——何を仰《おっしゃ》る？」

燦達の声が、やや緊張を帯びる。

時を見計らったように宰相の瞭明が手を上げると、兵が縛《しば》り上げられた女を連れて大広間に現れた。兵に連れられて来たのは、疲《つか》れ切った顔をした女だった。その装いは、遥《はる》か西の衣装を模しているようで異国情緒《じょうちょ》が漂《ただよ》っている。広間の者たちに、女の顔を見知っている者がいたらしい。どよめきが上がり、それがだんだんと広がっていく。

清夏蘭が、どこか夢見がちな瞳《ひとみ》を爛々《らんらん》とさせて椅子から立ち上がり、その女に縋《すが》るように椅子から転がった。慌《あわ》ててそれを父親である清家の当主が取り押さえる。夏蘭はここが公の場——それも皇帝の御前《ごぜん》であることも忘れてしまったかのように、捕《と》らわれの女に助けを求める声を向けて手を伸ばす。

「先生——助けて下さい！ 先生の仰る通りにしたのに呪《まじな》いが、かからなかったのです——どうか、どうか先生のお力で、主上とわたくしを——」

清家の当主が無理矢理《むりやり》、掌《てのひら》で娘《むすめ》の口を塞《ふさ》いだ。清家の姫君《ひめぎみ》の女に対する盲目的《もうもくてき》な傾倒《けいとう》ぶりが露わになって、それについての意見が密《ひそ》やかに広間の中に広がっていく。そのざわめきが静まるのを待ってから、煌牙は女に問いかけた。

「呪い師、杢瑚蓮《もくこれん》。——清家の姫に、黒い『涙玉《るいぎょく》』を惚《ほ》れ薬だと教えたのはお前だな？」

女が悄然《しょうぜん》と項垂《うなだ》れて、かさついた声で答える。

「そうです——」

罪の告白。それにどよめきが上がる。そのどよめきに力を借りたように顔を上げた女が、必死の形相で煌牙に訴《うった》えかける。

「けれど、妾《わらわ》は知らなかったのです——黒い『涙玉』が毒だなんて！ そして、それを主上に飲ませようとしているだなんて！ 本当に知らなかったのです！」

煌牙と女の間に割って入るように、暸明が言った。

「著名な呪い師が、依頼人《いらい》の想《おも》い人も当てられないのか？」

「妾に――呪いの力などありません――いつも人を使って調べ物をして、そこから分かったことを教えているだけで――」

「今回、惚れ薬として、黒い『涙玉』を使ったのはなぜだ？」

「そうするように指示されたからです。誓《ちか》って、主上を殺そうなどとは――」

「誰《だれ》に頼まれた？」

瞭明の問いに、声を張り上げて割って入った燦達が言う。

「主上！　清家の姫君に嘘《うそ》を教え込んで御身《おんみ》を危険に晒《さら》したのが、この女だというのなら、このような者は即刻《そっこく》処分するべきです！　こんなところで申し開きを聞く価値も無い！」

異母弟の言葉を煌牙は無視した。瞭明は燦達の言葉に構わず、女への質問を続ける。

「誰に頼まれた？」

女が一度、躊躇《ちゅうちょ》するように口を閉じる。それに燦達が再び割って入るように叫んだ。

「こんな下賤《げせん》な女の言うことが本当という証拠《しょうこ》は無い！」

そんな言葉が却《かえ》って女の背を押したらしかった。

細い身のどこから声が出るのかと思うほど、女が大声で告げる。

「栄燦達様に、頼まれたのです！」

それにすぐに反応出来る者はいなかった。唯一《ゆいいつ》、名指しされた燦達だけが鬼《おに》のような形相で呪い師の女を見て怒号《どごう》を上げる。

「茉凛《まりん》！」

女が身を乗り出した。

「聞いて下さいまし——そもそも妾が呪い師をしていたのも、栄燦達様のご指示で——事が上《う》手《ま》く運べば、いずれ妾を妻に迎《むか》えてくれるとそう仰っていたからで——」

切々とした女の訴えに、燦達がそれをかき消すような大声を上げた。必死な様子で女を指さして言う。

「主上、この女は嘘を申しております！　私は、この様な女と関わりは一切ございません！　顔を見たのも声を聞いたのも、今が初めてです！」

「そんな——燦達様！」

「お前のような下賤《げせん》な女と、俺に関わりがある訳無いだろう！　誰の差し金だ！」

喚《わめ》く燦達と、取りすがる女の声に、事の成り行きを見守っている聴衆《ちょうしゅう》たちからざわめきが起こった。夏蘭は未だに、女に取りすがろうとしているのか父親の腕《うで》を振《ふ》りほどこうと暴れている。紅華后は目の前の騒《さわ》ぎに関心を向けることなく、怜優を睨み付けたままだった。

混沌《こんとん》とした場を収めたのは、煌牙の声である。

「燦達」

名前を呼ばれて縋るような顔をする異母弟に、煌牙は冷静な声で問う。

「お前は、この呪い師の女と初対面だと？　顔を見たことも声を聞いたことも無いと？」

「ええ、そうです——この女の言うことは、全《すべ》て嘘です——」

「それなら、どうしてお前は、その女の本名を知っている？」

「――は？」

燦達がぽかんとした顔をする。それに煌牙が続けて言った。

「お前は、この女に先ほどなんと呼びかけた？」

咄嗟《とっさ》に反応が出来た者は、やはりいなかった。

燦達の顔から、目に見えて血の気が引いていく。それに畳《たた》みかけるように煌牙は言った。

「茉凛と確かにそう言ったな？　この女の呪い師としての名は、通称《つうしょう》だ。本名は、柳《りゅう》茉凛だと、俺は宰相《さいしょう》からの報告で知っている。しかし、燦達。お前は初対面の女の名をどうして当てられた？　呪いの力でも持つようになったのか？」

さすがに何の言い訳も浮《う》かばないのか、燦達が沈黙した。

煌牙が清家の当主に視線を向ける。そして取りすがろうと暴れる夏蘭に一瞥《いちべつ》をくれて、端的《たんてき》に問いかける。

「清家の姫《ひめ》は、この呪い師をどうやって知った？」

清家の父親が必死な様子で叫んだ。

「燦達様です、主上！　娘は、私たち親娘《おやこ》は嵌《は》められたのです！　燦達様が、その女は曙陽で有名な呪い師だと娘に紹介《しょうかい》をして――娘は騙《だま》されていたのです！」

今度こそ、燦達の顔から血の気が失《う》せた。

煌牙は薄青《うすあお》色の瞳を異母弟に向けて、淡々《たんたん》と言った。

「燦達。黒い『涙玉』が毒だと、お前が知らない筈《はず》は無いな？　俺と同じ師に習って、同じ授業を受けて、同じ書物を読んだお前が——黒い『涙玉』が毒だと知らない訳が無い。清家の当主と懇意《こんい》にしていたお前が、その姫が惚れ薬を飲ませる相手の見当が付かない筈が無い」

燦達、と異母弟の名前を呼んで、煌牙は言った。

「お前は、俺を殺そうとしたな？」

問いかけに、場が水を打ったように静まり返る。

唇《くちびる》を震《ふる》わせて下を向いた燦達が、やがて——恨《うら》みのこもった低い声で言った。

「私の方が、皇帝《こうてい》に相応《ふさわ》しいのに」

拗《す》ねてひねこびた声の自白。煌牙が溜息《ためいき》を吐《つ》いて、さほど年齢《ねんれい》の変わらない異母弟を憐《あわ》れむように見つめながら言った。

「この程度の企《たくら》みも成し遂《と》げられないお前には、皇帝の座はやれない」

瞭明が手を叩《たた》くと、どこからともなく兵たちが現れた。喚く女と、それに触発《しょくはつ》されたように女を罵《ののし》る燦達が取り押さえられる。醜《みにく》い罵り合いをしたまま運ばれる二人を見て、あからさまにほっとした顔をする清家の当主に、煌牙が言った。

「俺に清家の姫が毒を盛ったことは、企みによる物だったことが明らかになった。その件は不問に付そう」

「ありがたきお言葉——」

平伏《へいふく》しようとする清家の当主の動きを、煌牙は止めた。

「だが、疑問がある」

「は？」

「なぜ、お前の娘は黒い『涙玉』を所有していた？」

「それは――」

「清家の領地は確かに宝石の産地だ。しかし、『涙玉』は地から生まれるものではない。人が流した涙が珠《たま》になるものだ。それをどうして、夏蘭は持っていた？」

　顔色を悪くする父親の腕が緩《ゆる》んだらしい。夏蘭が前に出て、どこか夢見がちな調子で言う。

「主上！　わたくし、ずっと主上をお慕《した》いしていたのです！　ですから、紅華后様に仲立ちをお願いして――」

　夏蘭の訴えに、目を細めて煌牙が言う。

「紅華后様への『お願い』に何を渡《わた》していた？　清夏蘭？」

「『涙玉』ですわ。紅華后様は特に『涙玉』がお好きで――」

「どうやって涙精族を手に入れた？」

　よほど煌牙と言葉を交《か》わせることが嬉《うれ》しいのだろう。どこか地に足が着いていないような、ふわふわとした口調で夏蘭が微笑《ほほえ》みながら答える。

「父に話をしたら、買ってくれました。きちんと玉兎殿の飼育小屋で飼っておりましたの」

「夏蘭っ！」

　清家の当主が慌てて、娘の口を塞ぐが――遅《おそ》い。

ざわりと広間の空気が動き、信じがたい物を見る視線が清家の親娘に降り注ぐ。

先日、三代皇帝の令を改めて現皇帝が発布したことを金烏城にいる者たちならば誰もが知っている。それだというのに、その皇帝の寝所《しんじょ》である玉兎殿で、涙精族《るいせい》を飼っていたのだ。それが問題にならない筈が無い。

顔色を無くす清家の当主と違《ちが》い、夏蘭は向けられる視線の厳しさに、傷ついたような顔をした。まるで不当に糾弾《きゅうだん》されているかのごとく、助けを求めるように煌牙を潤《うる》んだ瞳《ひとみ》で見上げる。

それに、煌牙は冷たく言った。

「清家は領地を取り上げて官位を返上して貰《もら》う。その他《ほか》の沙汰《さた》については後日、宰相から直接に下そう。俺の寝所で勝手をして、許されると思うなよ」

その言葉にがっくりと清家の当主が項垂《うなだ》れる。無言で兵が歩み寄り、二人を囲むように広間から連れ出していく。なぜ、どうして？　と、まるで子どものように訊《たず》ねる夏蘭の声を遮《さえぎ》るように、扉《とびら》が閉じた。

しかし、本題はここからだった。

「紅華后」

まるで、挑《いど》むような口調で煌牙が玉兎殿を牛耳《ぎゅうじ》る人の名を呼ぶ。

「この騒ぎを、なんと心得る？」

いつもの軽薄《けいはく》な笑いで全てを受け流す皇帝ではない。普段《ふだん》は付けられる敬称《けいしょう》すら外れている。

その声音《こわね》は紛《まぎ》れもなく、責務について問いただす統治者のものだった。

皇帝の様子に、広間に集まる者たちは真剣《しんけん》な顔で黙《だま》りこくった。

一連の騒動《そうどう》は、全て玉兎殿に端《たん》を発《はっ》していた。そして、その両方に紅華后は関《かか》わっている。この場に居合わせた者に、それは明白だった。皇帝のために後宮を管理する。そう言って玉兎殿に残った紅華后が、その責任を問われるのは当然のことだ。

しかし、紅華后は相変わらず煌牙の隣《となり》に座る怜優を睨《にら》み付けたままだった。

怜優の手を握《にぎ》る煌牙の手が、更《さら》に冷たくなるのに、怜優は何も言わずにその手を握り返す。


──俺は、この機会に、あの人の檻《おり》を出る。


牢《ろう》から出された、あの日。

共にいることを望まれて、それを承諾《しょうだく》した怜優に煌牙は決意を滲《にじ》ませてそう言った。

煌牙の異母弟である燦達の企《くわだ》てや清家親娘の犯《おか》した罪を暴《あば》いたのも、全てはこの人を糾弾するための布石である。

責任を問う煌牙の質問に、紅華后が返したのは──的の外れた言葉だった。

「其《そ》の女は誰《だれ》なのです、主上《しゅじょう》」

その問いばかりを執拗《しつよう》に繰《く》り返す紅華后の様子は異様だった。

皇帝と並ぶ席に、皇帝が女を置くということは、すなわち皇后を意味する。怜優が「清輝の間」に姿を現した時のどよめきは、皇后となる者を皇帝が連れていたことにある。しかし、立て続けに暴かれた企てや罪のせいで、怜優への関心は薄《うす》れていた。その事にこだわり続け、己《おのれ》の責任について言及《げんきゅう》されても答えない紅華后は、どう考えてもまともではない。

紅華后が質問に答えないように、煌牙も紅華后からの問いに答えなかった。

「紅華后、貴方《あなた》が俺の後宮を統《す》べるようになって何年だ？」

なぜ、俺には未《いま》だに后《きさき》がいないと思う。

そう問う煌牙に、相変わらず怜優から目を離《はな》さないまま――紅華后が言う。

「主上に相応しい姫が居《お》らぬからです」

「そうかな」

含《ふく》みを持った煌牙の言葉に、紅華后が目を細める。それに煌牙が言った。

「俺は貴方が、俺に后を見つけるつもりが無いのではないかと疑っている」

「馬鹿《ばか》な――何故《なぜ》、そんな事を！」

さすがに憤《いきどお》りを覚えてか、紅華后が言う。

それに煌牙は薄青色の瞳を静かに相手に向けて、淡々と言った。

「俺が――貴方が毒を盛って殺すほど憎《にく》んだ女の子どもだからだ」

耳が痛くなるほどの静寂《せいじゃく》が場を包んだ。煌牙は言葉を続けた。

「母に向けていた憎しみを、今貴方は俺に向けているのではないか？　貴方の目的が母の血を絶やすことだというのなら――先代皇帝が認めた俺の血を認めないというのなら、その理由で玉兎殿に騒《さわ》ぎを持ち込んでいるというのなら、それは立派な謀反《むほん》だ」

違うだろうか、という問いは広間に居並ぶ金烏城に仕える者たちに向けられていた。

沈黙《ちんもく》がゆっくりと崩《くず》れて、ざわざわと小さな囁《ささや》きが起きる。それはだんだんと大きくなり、豪《ごう》雨の雨音のように広間の中で渦《うず》を巻いた。

紅華后は、目を見開いたまま固まっていた。己の歪《ゆが》んだ恋情《れんじょう》を指摘《してき》されることはあれ、こんな指摘を受けることは想定外だったのだろう。年かさの女官《にょかん》が駆《か》け寄ったが、その体は硬直《こうちょく》したままだ。煌牙は言葉を続ける。

「閨《ねや》で、何度か姫《ひめ》たちが俺に精力剤《ざい》の類《たぐい》を盛ったことがある。あれは、貴方の指示か？　そうであるなら、貴方は何年もかけて俺に毒を盛れる機会を窺《うかが》って居たのでは無いか？　今回の件に深く関わっている栄燦達と、清夏蘭。この二人と深く関わっている貴方が。玉兎殿の主である貴方が——何も気付かずに、今回の事を見逃《みのが》していたというのは俄《にわか》に信じ難《がた》い」

自分で手を下さなくても良い状況《じょうきょう》を、わざと作り上げたのではないか。

そう問う煌牙の言葉に、疑念と納得《なっとく》が広がっていくのが見えた。

「——馬鹿な事を！」

ようやく煌牙の隣に座る怜優への嫉妬《しっと》から心を取り戻《もど》したらしい。

紅華后が声を張り上げて、煌牙の言葉に反論する。

「わたくしが、どうして其の様な事を——主上が先代皇帝に連れられて来た日以来、わたくしは主上の母として生きて来ましたのに！」

「俺の母として？」

煌牙が失笑《しっしょう》する。怜優の掌《てのひら》を握る手に力がこもったのは、きっと怒《いか》りからだろう。

「俺の母を殺した人が、俺の母親ぶるとは笑わせる」

「そもそも、わたくしは主上の母上を殺してなど居りませぬ！　何故、その様な誤解を！」

本当に身に覚えが無い――つまりは覚えていないのだろう。心の底から憤りの声を上げる紅華后に、薄青《うすあお》色の目を見開いて煌牙が言った。

「覚えていないのか」

さすがの紅華后も、それ以上言葉を紡《つむ》げないほどの声音だった。

「覚えていないのだろうな、貴方は。貴方にとって俺の母など、取るに足らない――どうでもいい命だったのだろうから。だが、俺にとっては違う。俺は忘れていない。覚えている」

煌牙の低い声に、紅華后がたじろいだ。薄青色の瞳が、紅華后の横にいる女官に向けられる。

「――お前は覚えているだろう？」

その言葉に、年かさの女官は怯《おび》えたように肩《かた》を揺《ゆ》らした。

「紅華后からの使いで毒入りの菓子《かし》を持って来たのは、お前で間違《まちが》いないな。毎日毎日、母が毒の菓子を平らげるところを見届けてから帰っていた。だから、顔をよく覚えている。お前は忘れていないだろうな」

煌牙の問いに、女官は顔色を失っている。そんな二人を見て、煌牙は言った。

「忘れているのなら、思い出させて差し上げよう。あの頃《ころ》のことをよく覚えている者が俺の身近にはいる。貴方は覚えていないだろうが、貴方の行いを覚えている者が確かにいる」

その言葉を待ち受けていたように、扉が開いた。

扉を開いたのは慈雨だ。その後ろに続くのは紫桜で、皿の上には菓子を捧《ささ》げ持っている。それを見た途端《とたん》に、紅華后の隣の年かさの女官の顔が蒼白《そうはく》を通り越《こ》して、白くなった。

皿の上にあるのは、何の変哲《へんてつ》も無い饅頭《まんじゅう》だ。

それに大人が恐《おそ》れを成す光景は、滑稽《こっけい》を通り越して怖《こわ》いものがある。

「あの時の礼に、俺も菓子を用意させて貰った」

煌牙の声はあくまで優しかった。顔から色を無くす紅華后に、煌牙は止《とど》めのように言う。

「貴方が、どうしても俺の母だというのなら——それを食べると良い」

菓子を皿に載《の》せた紫桜がしずしずと近寄る。そして、紅華后の前にそれを差し出した。

紅華后は目を見開いて固まっている。

それを皆《みな》が見つめていた。

煌牙が、紫桜が、慈雨が、瞭明が——広間中の人々が。

その視線に押されたように紅華后が手を持ち上げる。

震《ふる》える指先が菓子をつまみ上げて——そして。

「嫌《いや》じゃ！」

上がったのは子どもじみた絶叫《ぜっきょう》だった。

紅華后は、紫桜の手から菓子を振《ふ》り払《はら》う。あまりの勢いに紫桜が床《ゆか》に転がり、菓子が皿からこぼれ落ちる。金切り声を上げた紅華后が言った。

「陛下が――陛下が悪いのじゃ！　わたくしだけとあんなに言うて下さったのに、ふらふらと別の姫の下《もと》へ！　あの人の妻は、わたくし一人だけというのに！」

年老いた皇后は、嫁《とつ》いだ頃とまるで変わらない――竣一族の王女・紅華として喚《わめ》く。

「あれだけ手を付けていたのだから、一人や二人構わぬではないか！　わたくしは耐《た》えたのじゃ！　今になってこのような仕打ちをされる覚えは無い！」

それは紛《まぎ》れもない自白で、罪の告白だった。明らかに様子のおかしい紅華后の姿を見ていた聴衆《ちょうしゅう》に驚《おどろ》きは無い。やはり、という納得の方が上回っていた。そして長年の恨《うら》みを公衆の面前で晴らした煌牙の顔にも、喜びは欠片《かけら》も無い。浮《う》かんでいるのは軽蔑《けいべつ》だけだった。

「それが皇后の言うことか」

そう吐《は》き捨てる煌牙の声を聞きながら、怜優の目は床の上に転がる菓子に向けられていた。

煌牙たちが、どんな思いで今の光景を見ていたのか。怜優には想像するしか出来ない。けれど、一つだけ確かに言えることがある。優しい人たちへの不名誉《ふめいよ》な誤解を晴らすために、怜優は席を立つ。

「――怜優？」

女の装いはやはり動き難《にく》い。

そんなことを思いながら、煌牙の呼びかけにも答えずに怜優は床に膝《ひざ》を突《つ》いた。

そして、床に無残に転がった菓子の一つを持ち上げて。

軽く埃《ほこり》を払うと――それを何の躊躇《ちゅうちょ》も無く口に運んだ。

「怜優ッ」

背後から煌牙の声が聞こえる。を口の中に広がるのは、甘く煮《に》た豆の味と、外側の皮にあるわずかな塩気だけだ。素朴《そぼく》で単純な作りの菓子の優しい味が口に広がる。

——そして、ただそれだけだった。

苦味も、酸味も無い。本当に、ただの菓子だ。甘くて優しい味の菓子。ゆっくりとそれを飲み込んでから、怜優は静かに紅華后に向けて言う。

「貴方は、ずっと皇帝《こうてい》を——煌牙を見てきたのでは無いのですか」

信じがたい者を見るような目で、怜優を見つめる紅華后を見ていると、どうしようもなく悲しくなってくる。たかだか半年——それも途切《とぎ》れ途切れにしか顔を合わせていない怜優に分かることが、どうして義母として、ずっと近くにいた人に見えないのか。見ようとしなかったのか。檻《おり》の中にいるのは、紅華后も同じなのだろう。自ら作った妄執《もうしゅう》の檻から覗《のぞ》く世界は、さぞ歪んで醜《みにく》いに違いなかった。

世界は、ただ、そこにあるだけで——本当は美しいものなのに。

「煌牙は毒を盛られたからと、仕返しの為《ため》だけに毒を盛ることが出来る人ではありませんよ」

そんな相手なら、怜優はここまで惹《ひ》かれなかった。

優しすぎるほどに優しく、強い人だから——好きになった。

何もかも捨てて良いと思えるぐらいに。寄り添《そ》って側《そば》にいたくなったのだ。

「怜優——」

後ろから抱《だ》き締《し》められて、紅華后から引き離される。

怜優をかき抱《いだ》く煌牙の腕《うで》が、震えていた。

「お前は――本当に、無茶《むちゃ》をする」

溜息《ためいき》のような声が怜優の鼓膜《こまく》を揺らす。

宰相《さいしょう》である瞭明が声を上げ、その言葉に兵が動く。喚き声を上げる紅華后が、兵に取り囲まれて女官と共に連れて行かれる。広間の隅《すみ》では慈雨の手を借りて、突き飛ばされた紫桜が立ち上がっていた。紫桜は怜優の方を見て――淡《あわ》く微笑《ほほえ》んで、深々と頭を下げた。

同日、代替《だいが》わりをして現在は紅華后の甥《おい》が当主を務める竣一族は、紅華后との絶縁《ぜつえん》を宣言して、その絶縁状を曙陽の都中に貼《は》り出した。

それから数日後、清家は取り潰《つぶ》しとなり、父とその娘《むすめ》である姫は流罪《るざい》が決まった。呪《まじな》い師の女は、栄燦達への利益誘導《ゆうどう》に関して詐欺《さぎ》行為《こうい》の余罪が数え切れないほどあがり、厳しい取り調べの日々が続いている。

紅華后と栄燦達。片や皇帝の母親殺し。片や異母兄である皇帝への殺人未遂《みすい》。どんな法に照らし合わせても、彼らを救う術《すべ》は無かった。

二人の処刑《しょけい》は、数ヶ月後のとある忌日《きじつ》――朝靄《あさもや》の中でひっそりと執行《しっこう》された。

＊＊＊＊＊

「あ、ぁ――っ、ひぅ、う――」

泣き声のような声が喉《のど》から上がり、怜優の目からこぼれた雫《しずく》が珠《たま》になる。

赤と黄と緑。それが斑《まだら》に重なった「涙玉《るいぎょく》」は、お世辞にも綺麗《きれい》とは言えない。けれど、それを拾い上げる煌牙の声は、どこまでも優しかった。

「――お前は、本当に無茶をする」

本当に俺が毒を盛らせていたらどうするつもりだった、と先ほどから怜優は勝手を煌牙に咎《とが》められている。怜優が聞かされていたのは、異母弟による煌牙の暗殺計画と、清家の不祥事《ふしょうじ》を呼び水に、今までの紅華后の行いを弾劾《だんがい》し、過去の罪を認めさせようというものだった。

どんな手段を使うのか、ということは知らされていなかった。

けれど、この計画に関《かか》わる人たちが優しいことを、怜優は知っていた。

だから、どうしても、あの誤解は放置しておけなかったのだ。

非道なことをされて、それを激情に任せて返すことは容易《たやす》い。そして咎められることではない。しかし、それでも――それを行うことを潔《いさぎよ》しとしない強さがあることを、教えたかった。

理解は出来ないだろうけれど、それでも確かに存在していることを、示したかった。

「怜優?」

先ほどの問いに対する言葉を待たれているようだ。そう思いながら、穿《うが》たれた体を不規則に揺さぶられる熱に怜優は体を跳《は》ねさせる。堪《こら》えきれなくなった前から白濁《はくだく》が散って、怜優は身を捩《よじ》らせた。そんな怜優の姿を見て、煌牙が怜優の肌《はだ》に吸い付いた。

勝手をした仕置き、という名目でなされるそれがあまりにも甘い。ちっとも仕置きになっていない、ということは怜優がこぼす涙で分かっているだろうに——煌牙は色が斑になった「涙玉」を見ても、薄青色の瞳《ひとみ》を細めて笑うだけだ。

金烏城の煌牙の私室。

玉兎殿は「内宮《ないくう》」を中心に、人員整理と解体が決まった。その指揮を執《と》るのは慈雨で、紫桜が補佐《ほさ》に当たる。そのため皇后の部屋は、仮として皇帝と同じ部屋に定められている。

玉兎殿の建て直しが終わったところで、皇后の部屋が皇帝のところから移るのかどうか——というのは近しい者たちの間では疑問視されていたが。

「——謎《なぞ》の美姫《びき》だそうだ」

「んっ、ぁ——？」

胸の尖《とが》りに優しく吸い付かれながら言われるのに、聞き返そうとしたところで言葉が出てこない。赤く尖ったそこを舌で転がし、気まぐれに歯を立てて、その合間に煌牙が言う。

「お前のことだ」

言われた途端に驚いて目を見開くのと、煌牙が胸に吸い付くのは同時だった。

「え、あ——ッ、なん、で？」

喘《あえ》ぎ声の合間に、純粋《じゅんすい》な疑問をこぼせば煌牙が笑って言う。

「さぁ？　あの時、広間にいる者たちの誰《だれ》かが言い出したんだろう」

「そんなの——あ、ゃ、あ、っ、ん」

大袈裟《おおげさ》な呼称《こしょう》を否定しようとすれば、優《やさ》しく歯を立てられて怜優の言葉はかき消えた。

背を反らして体を震わせる怜優を引き寄せて、煌牙が言った。

「俺には――あながち間違《まちが》いでもない」

すっかり長くなった、色の薄《うす》い髪《かみ》を指に絡《から》めながら煌牙が呟《つぶや》く。

毒から目を覚まして、玉兎殿の牢《ろう》から怜優を連れ出した煌牙は――どんな形でも良いから側《そば》に置いてくれという怜優に対して、皇后になってくれと嘆願《たんがん》した。

男だ。子を産めない。涙精族だ。

どうやっても愛人が限度だろう、という怜優に対して諦《あきら》めなかったのは煌牙の方だった。

お前が愛人になったところで、俺が誰も后《きさき》を迎《むか》えることが無いのなら、結局は同じだ。なら、正当な肩書《かたが》きをお前にやりたい。紅華后のように、女でも子が産めない者は多くいる。父のように無計画に子を作り過ぎて、不幸な目に遭《あ》わせる女や子が出来るのならそんなものは要《い》らない。母の願いでもある。後継《こうけい》は相応《ふさわ》しい者を見繕《みつくろ》って皇位に就《つ》かせれば良い。お前の涙はなんであれ美しい。

最後にはただの口説き文句に成り果てた煌牙の説得に、怜優はほとほと困り果てた。

意外だったのは、事の仔細《しさい》を知っている者が、怜優が皇后の座に就くことに反対をしなかったことだ。紫桜や慈雨はともかく、政《まつりごと》に直接関わっている瞭明までが――煌牙を嫌《きら》いでないのなら、受けてやれとそう言った。

『たった一つぐらい、主上の本当に欲しいものが手の中にあっても良いでしょう』

そんな言葉に押されて、怜優は煌牙からの申し出を受けた。望めば何でも手に入る立場にいる筈《はず》の人が、形振《なりふ》り構《かま》わずに望むのが自分だということが、なんだか悲しい気がする。

ただ、申し出を受けた時の煌牙の顔を思い出せば、そんな感情は吹《ふ》き飛んだ。薄青《うすあお》色の瞳が細められて、端整《たんせい》な顔立ちが驚くほど甘くなる。

愛している。

そんな言葉を好いた相手からかけられてしまえば、怜優に言えることなど何も無くなってしまう。

玉兎殿の内部が混乱していること。紅華后の行いが、次々と明らかになっていること。それらをふまえて、正式な発表は先延ばしにされているが——いずれ怜優は皇后として、正式に煌牙の横に並んで座る日も近いだろう。後宮で偶然《ぐうぜん》に、煌牙が見初《みそ》めた——身分の低い姫《ひめ》として。

まさか自分が皇后なんて肩書きを背負うことになるとは、思いもしなかった。

悪意は無いが、結果として民《たみ》を騙《だま》すことになる。

そんな罪悪感がちくりと胸を刺《さ》すのに、顔を歪《ゆが》めれば——煌牙が微《かす》かに笑って言う。

「本当に——お前は分かりやすいな」

「ぁ、あっ、あ——だ、って」

「俺が吐《つ》かせた嘘《うそ》だ。気にするな」

「い、やだ——」

嘘を吐くのに結局、同意したのは怜優だ。いくら請《こ》われたとはいえ、煌牙一人に責任を負わせるのは嫌《いや》だ。頑固《がんこ》に首を振《ふ》れば、そんな様子の怜優を見て——煌牙が笑った。

「知っているか、怜優」

「んぁっ——ん？」

汗《あせ》ばんだ肌が重なって、そこから直に相手の鼓動《こどう》が伝わる。体の内側に受け入れた熱で、溶《と》け出してしまいそうだ。そんなことを思っていると、煌牙が言う。

「嘘吐きは死んだ後は地獄《じごく》に落ちるらしい。嘘を吐いた償《つぐな》いは、死んだ後にいくらでもするさ。お前がいないと生きていたって地獄なんだ。だから、せめて生きている間ぐらいは——一緒《いっしょ》にいてくれ」

口調はふざけているのに、言葉はどこまでも真剣《しんけん》だった。

薄く目を開けば、煌牙はどこか泣きそうな——縋《すが》るような目をして怜優を見つめていた。

ああ——この人は。

本当に、優しくて愛《いと》おしくて困ってしまう。

「嘘吐きが、地獄なら——」

怜優だって地獄行きだ。そうなると死んでも一緒になってしまう。そうしたら、生きている内と変わらない。ずっと幸せではないか。

そんなことを冗談《じょうだん》のように呟けば、目を見開いた煌牙はくしゃりと笑った。

「そうだな」

幸せだな、と呟いて腕《うで》を回す男の背を怜優はかき抱《いだ》いた。

眦《まなじり》から伝った涙が、幸せを詰《つ》め込んだような色をして珠になって寝台《しんだい》の上に転がった。

＊＊＊＊

後代の史書。煌の国が最も繁栄《はんえい》を極《きわ》めたとされる五代皇帝《こうてい》の項《こう》には、こんな記述がある。

「煌ノ国、五代皇帝・煌牙。皇后ノ名、怜優。出自知レズ。性格、明朗ニシテ聡明《そうめい》。薬学ニ通ズ。皇帝・皇后ノ仲睦《むつ》マジキ事、世ニ広ク知ラレル。此《これ》ヲ『比翼《ひよく》』ト呼ビ皆《みな》慕ウ」

籠《かご》の中。

飛べない鳥と、籠に留《とど》まることを決めた金糸雀《かなりあ》の話を、ここから窺い知るのは至難のことである。

END

あとがき

こんにちは、あるいは初めまして。貫井《ぬくい》ひつじです。

このたびは、拙著《せっちょ》をお手に取っていただきありがとうございます。

皆様《みなさま》いかがお過ごしでしょうか。

貫井は今回、年末進行にかかる締《し》め切りを派手に吹《ふ》っ飛ばしました。ご助言いただいたお陰《かげ》でなんとか書き終えた有様で、いつものことながら編集担当様には頭が上がりません……。今度からは一人で抱《かか》え込むことなく、なるべく早くから相談します……。本当に、これからもよろしくお願い致《いた》します（切実）。

そして、ｈａｇｉ先生。初めまして！　柔《やわ》らかな線と、優《やさ》しい色使いのイラストを以前から拝見しておりました。うちの子たちに素敵《すてき》なイラストをありがとうございました。不出来な作者がついてまいりますが、今後ともよろしくしていただければ幸いです。

最後に、読者の皆様。本作品にお付き合いいただき、ありがとうございました。

日常の中で、ほんの一時でも心を温めることが出来るようなお話になっていれば良いなと思います。皆様の幸福をひっそりと、世界の片隅《かたすみ》よりお祈《いの》りしています。

また、お会いできる日がくるのを心よりお待ちしています。

最後のページまで目を通して下さり、誠《まこと》にありがとうございました。

貫井　ひつじ

孤独《こどく》な煌帝《こうてい》の幸《しあわ》せの金糸雀《カナリア》
貫井《ぬくい》ひつじ

角川ルビー文庫　23575

2023年3月1日　初版発行

発行者———山下直久
発　行———株式会社KADOKAWA
〒102-8177　東京都千代田区富士見2-13-3
電話 0570-002-301(ナビダイヤル)
印刷所———株式会社暁印刷
製本所———本間製本株式会社
装幀者———鈴木洋介

ISBN978-4-04-113463-4　C0193　定価はカバーに表示してあります。

◇◇◇